« Préfet des autres »

Du même auteur

Vivre même si je souffre, préface de Xavier Emmanuelli, Éditions Saint-Paul, 1997.
Ce mystérieux Monsieur Chopin, L'Harmattan, 2007.
Le handicap, une chance pour l'école, préface de Xavier Darcos, Desclée de Brouwer, 2008.
Le rêve nubien, Privat, 2010.

La bibliographie complète de Jean-Christophe Parisot
est présentée sur le site http://www.jcparisot.com

Jean-Christophe Parisot

« Préfet des autres »

Préface de Xavier Bertrand

Desclée de Brouwer

10, rue Mercœur, 75011 Paris
ISBN : 978-2-220-06344-7

À mes enfants Jean-Baptiste,
Joseph, Claire-Marie et Joachim.

« La première règle avant d'agir consiste à se mettre à la place de l'*autre*. Nulle vraie recherche du bien commun ne sera possible hors de là. »

Abbé Pierre

Préface

La problématique de l'intégration du handicap dans la fonction publique, Jean-Christophe Parisot la connaît bien. Son combat sans relâche pour l'égalité des droits et son engagement pour faire reconnaître les compétences professionnelles des personnes handicapées sont un exemple. Cet engagement, nous le partageons pleinement. La loi de 2005 pour l'égalité des droits et des chances, la participation et la citoyenneté des personnes handicapées nous a fixé un objectif clair : intégrer les personnes handicapées dans tous les domaines de la vie. C'est aussi un axe important de mon action de ministre du Travail, de l'Emploi et de la Santé, parce que l'accès des personnes handicapées au monde du travail est une condition essentielle de leur insertion sociale et de leur autonomie financière.

En tant que professionnel de l'administration territoriale et locale, la nomination de Jean-Christophe

Parisot dans le corps préfectoral ne fut pas une surprise. Toujours avec conviction et détermination, il a su relever les nombreux défis de ses fonctions. Jean-Christophe Parisot a abordé de nombreux dossiers difficiles, à la fois sur des dossiers municipaux, régionaux, ministériels puis dans les préfectures. Préfigurateur de la RGPP à Cahors puis contre l'illettrisme et pour l'égalité des chances à Montpellier, Jean-Christophe Parisot trace une route citoyenne. Le parcours de vie de Jean-Christophe Parisot est une leçon de courage et son combat est celui de la résistance face aux conformismes de tous bords. Sans nul doute, après avoir lu ce témoignage poignant et sincère, chaque lecteur aura la certitude que l'avenir de notre pays se prépare grâce à des femmes et des hommes de volonté, de conviction et de compétences.

Xavier Bertrand
Ministre du Travail, de l'Emploi et de la Santé

Avant-propos

« Bonne chance, Monsieur le préfet ! » Valérie Pécresse me fait la bise. Dans son bureau ultramoderne de l'ancienne école Polytechnique, la ministre de l'Enseignement supérieur a tenu à me saluer alors que je quittais « la centrale d'Enseignement sup » pour rejoindre la place Beauvau. C'est une ministre consciencieuse, attentive au suivi des dossiers et, ce qui ne gâche rien, humaine. Je proteste en souriant : « Je ne suis que sous-préfet ! » Valérie Pécresse s'en amuse et me fait un clin d'œil : « Vous êtes jeune, vous verrez ! » L'accolade était chaleureuse et pleine d'espérance. Madame le ministre me fait un sourire complice. Je me faufile avec mon fauteuil électrique dans les couloirs étroits du ministère pour rejoindre l'unique et minuscule ascenseur. Vais-je tenir dans cette boîte à sardines ? Il faut enlever les cale-pieds pour rentrer. Mon assistant appuie sur le bouton RDC et cavale en bas pour me réceptionner. À l'accueil, l'hôtesse sourit. « Bonne journée, Monsieur le délégué ! »

C'est vrai, c'est une belle journée. Il fait un soleil magnifique sur Paris et les roues de mon fauteuil électrique s'enfoncent pour la dernière fois dans les gravillons du jardin du ministère. Depuis deux ans, j'y étais en charge des étudiants et enseignants handicapés. Aujourd'hui, il me faut me dépêcher car je dois aller essayer mon uniforme de représentant de l'État chez Stark ! Stark, tout le monde le dit, c'est le meilleur tailleur du corps préfectoral et un orfèvre des tissus. Et pour la première fois, cet artiste a dû réaliser un costume inhabituel : un uniforme de sous-préfet pour homme assis. Son atelier n'est pas accessible à mon fauteuil : je dois passer la tenue qu'il m'a préparée dans le hall de l'immeuble. Plusieurs personnes font la haie autour de moi pour que les résidents ne voient pas l'inhabituel essayage. Émotion et sourires garantis. Tout a été minutieusement réalisé. Les feuilles de chêne brodées ont nécessité cent heures de travail. « Le chêne, c'est la force ! » me rappelle le tailleur ébahi.

Je vais donc représenter la force, moi, myopathe, immobile sur mon fauteuil roulant ? Le souffle de l'aventure me saisit. Je ressemble à un vieux loup de mer, habillé ainsi en bleu foncé. Pour moi qui rêvais d'être dans la marine, mon souhait est comblé.

Pourquoi le cacher ? J'aime ma patrie, son drapeau, son destin. La France est une cité-jardin privilégiée, loin des tremblements de terre et des cyclones. Beaucoup veulent y venir et peu en partir. C'est une terre de mémoire, de patience. La plus importante des valeurs que je veux y défendre est le vivre-ensemble. Toutes les autres découlent de cette matrice universelle. Depuis trente ans que je milite pour les personnes handicapées, j'ai eu le privilège de faire la connaissance d'individus fantastiques.

Nicolas Sarkozy a ainsi annoncé ma nomination aux Assises du handicap : « Je vais nommer un sous-préfet tétraplégique, non pas parce qu'il est tétraplégique mais parce qu'il est compétent ! » Le sous-préfet, c'est moi et voici mon histoire.

1

Les violons de l'automne

1980. Un jour d'automne lumineux près de Rambouillet. La précipitation de la sortie des classes entraînait dans sa course les feuilles rouge et jaune qui couvraient le sol. Comme tous les élèves de ma classe, j'attendais avec impatience la fin de semaine et les retrouvailles avec ma famille. Nos cartables étaient pleins de ces livres neufs que nos mamans attentives avaient pris soin de recouvrir d'un mince papier plastifié. Je me rappelle aussi le bruit rituel des pneus du taxi qui pénétrait dans la grande cour de l'école en écrasant les graviers avec une indolence majestueuse. La grosse Mercedes était pour moi. Elle ne me servait pas à affirmer le statut prééminent d'un enfant de dix ans : je n'étais ni le fils d'un émir du Koweït ni celui d'un riche Texan, et c'était la Sécurité sociale qui la payait. Dans son coffre trônait en effet un fauteuil roulant. C'était le mien : j'avais le droit de m'asseoir dessus lorsque j'étais fatigué. Le reste du temps, je continuais à marcher. J'essayais, du moins, car depuis quatre ans, ma démarche était très maladroite, les chutes de plus en plus fréquentes.

Mais ce jour-là n'était pas comme les autres. Un orage avait déchiré mon ciel intérieur en cette fin d'après-midi : sans le savoir, j'avais foulé la planète Terre pour la dernière fois de ma vie. Et je fus fauché définitivement par la maladie. J'étais tombé, ce n'était pas une première. Mais cette fois-ci, c'étaient les toutes dernières forces de mes jambes qui m'avaient trahies. Je n'avais, au sens propre, plus de muscles pour tenir debout et je sus immédiatement que l'instant avait une dimension irréversible : je ne pourrais plus marcher. Foudroyante sentence, à dix ans. Je ne pouvais plus, je ne pourrais plus, je ne serais plus…

Le poids de mon corps me collait au sol. En larmes, je suffoquais de fatigue, couché dans les feuilles mortes collantes d'humidité. Je sentais sortir de mon cœur la plainte de tout mon être, obligé d'entrer dans une nouvelle dimension : l'inconnu. Les images, les réflexions défilaient dans mon esprit. Blessé au champ d'honneur. Ce n'était pas mon sang que je perdais, mais mon innocence d'enfant. Pourquoi moi ? Je ne savais rien de la vie. Pourquoi fallait-il qu'elle s'arrête si vite alors qu'elle commençait à peine ? Je ne croyais pas à la mort. Celle du corps, peut-être, mais pas celle de l'âme ! J'avais trop envie de vivre.

Je serrai les poings dans les graviers, de toutes mes forces. Je voulais m'accrocher à la terre comme on s'accroche à une corde au-dessus d'un précipice. Le chauffeur de taxi me prit dans ses bras sans rien dire, m'arracha au sol et me déposa comme un paquet sur la banquette arrière de la voiture. Il écoutait à fond « Les grosses têtes » sur RTL et sa voiture puait la clope. C'est avec une certaine curiosité que je m'engageai alors dans ce nouveau voyage.

2

Le bâton de Molière

Ce séisme avait cependant été précédé de signes avant-coureurs. Mais je n'étais pas seul face à la maladie et l'exceptionnel esprit de solidarité qui unissait ma famille me donna force et envie de vivre. Notre vie bascula lorsque, le jour de ses trente ans, maman apprit que ses trois enfants, deux filles et un garçon, succomberaient à une terrible maladie évolutive. Le venin nous envahissait, provoquant une paralysie progressive du corps. Le bâton de Molière venait de frapper ses trois coups mais avec un scénario, à vrai dire, affligeant.

Les premiers signes de fatigue musculaire se déclarèrent lorsque ma sœur aînée commença à se plaindre des jambes : après avoir cru à de la comédie, nos parents se décidèrent à l'emmener consulter des spécialistes et durent alors affronter la réalité. Ma prise de conscience fut plus progressive. Au début, j'ai pensé que cette affaire concernait uniquement ma sœur, je me persuadai que s'il avait fallu arrêter les sports d'hiver et les descentes en luge, c'était « sa faute ». Mais son problème est vite devenu le mien quand on m'invita aux mêmes visites médicales.

Les scientifiques que nous consultions à l'époque hésitaient à poser sur mes sœurs et moi un diagnostic précis. Entre maladie musculaire ou neuromusculaire, ils se demandaient comment expliquer notre pathologie. Je n'eus de vraies réponses qu'en 1994, lorsque le résultat d'une biopsie classifia notre histoire médicale de façon définitive : nous avions l'alpha-sarco-glycanopathie. L'incertitude du diagnostic de l'époque s'accompagna logiquement de traitements sans vraie cohérence. Je fus le cobaye de nombreuses expérimentations et tentatives vaines qui restent gravées dans ma mémoire. Injections électriques, bains bouillants ou presque, chaussures orthopédiques, médicaments inutiles, j'eus le droit d'essayer tout l'arsenal.

Mes parents, eux, semblaient convaincus du succès de la recherche. Les pronostics les plus fous circulaient : la myopathie était presque vaincue, disait-on (déjà !). Il est vrai qu'en matière de génie génétique, une révolution se préparait. Mais le rythme de la recherche n'est pas celui des malades. En fait, en cette fin des années 1970, on était encore bien loin de la fameuse « thérapie génique » ou de tout traitement pharmaceutique. Je devais renoncer à marcher et bientôt à aller aux toilettes. Mon fauteuil roulant remplaça mes chaussures orthopédiques. Mes attelles de nuit, mon corset de jour, mes soins de kiné : un univers nouveau se constituait peu à peu.

Les visites médicales se multipliaient. Pendant de longues heures, on me demandait de monter un petit escalier, de m'asseoir, de me lever. J'obtempérais sans broncher, devant une haie dubitative de blouses blanches au regard interrogatif. Pour parfaire le tableau et comble de l'humiliation, on pronostiqua que nous serions « incapables d'apprendre une table de multiplication ». À l'époque, la myopathie était une et indivisible. En elle, point de salut. Les trois nigauds annoncés sont aujourd'hui ingénieur, médecin, assistante parlementaire…

L'administration sanitaire et sociale et les médecins conseillèrent à mes parents de nous placer en centre spécialisé, où nous serions « bien suivis ». À plusieurs reprises, je me suis rendu dans ces centres. Les enfants qui y étaient placés par leurs parents vivaient dans un mouroir doré. La désolation la plus affligeante y régnait. Des dizaines de petits myopathes, sanglés dans leur fauteuil électrique, guettaient à la fenêtre l'éventuelle maman. « Il faut plaindre ceux qui n'ont pas eu de mère parce que leur joie est triste », écrivait Paul Bourget... Que dire de ceux qui en ont une et qui ne la voient jamais ? Je me souviens de l'un d'entre eux, le visage inondé de larmes. Il attendait dans le couloir qu'on vienne s'occuper de lui. Certes, il était aidé par tout un petit peuple de psys, d'assistants, d'éducateurs dévoués. Mais il lui manquait quelqu'un, et ce quelqu'un s'appelait « papa », « maman ».

Les couloirs de ces lieux de misère étaient encombrés de fauteuils. Ni loisirs, ni école, ni télé. Les jeunes myopathes passaient leurs journées sur leur verticalisateur. Ces êtres mijotaient des heures, sans but, sans rêve, sans projet. Les assistantes de vie ne passaient de chambre en chambre que pour proposer de l'eau et demander si « tout allait bien ». Des cris et des pleurs s'échappaient parfois des chambres et résonnaient lugubrement. Le regard des enfants m'a profondément marqué.

J'ai failli aller dans un de ces centres par oukase de l'administration sanitaire, empreinte d'une philosophie asilaire et collectiviste d'un autre siècle.

« Allez, bonhomme, l'ambulance t'attend... »

Mon destin allait-il être différent de celui de cet enfant croisé dans un centre ? Cette voix étouffée, disparue dans un couloir d'un établissement spécialisé, qui s'en rappellera ? Je me promettais dans mon cœur d'enfant de ne jamais me taire. Si je survivais, je parlerais.

Nous avions des parents courageux, issus de petits commerçants laborieux, qui faisaient partie d'une bourgeoisie catholique ouverte sur le monde et le progrès. Maman passait ses journées avec les administrations pendant que mon père travaillait. Nous avions la chance d'être aimés. Face à ceux qui leur suggéraient de nous confier à des centres spécialisés pour « continuer une vie normale, avoir leurs loisirs, leurs amis », nos parents ont refusé les « bons conseils », les recommandations polies, les condoléances avant l'heure. Ils ont décidé de s'occuper de nous jusqu'au bout, puisque notre espérance de vie était limitée.

« Vous êtes assez étonnants dans votre famille ! » s'amusait à nous dire la directrice du collège.

Sur leurs fauteuils roulants, Florence, ma sœur aînée, se passionnait de maths et Anne-Sophie adorait le français… Nos trois fauteuils chromés arpentaient la cour de récré.

Quant à moi, devant le calme de mes proches, je restais prudent. À dix ans, le dix-septième chromosome de votre ADN ne vous intéresse pas. Le monde m'émerveillait. J'adorais les promenades dans les bois, les cabanes au cœur de la nature. Je dévorais les exploits d'un Robinson, d'un Tom Sawyer, *L'Île au trésor* était mon livre de chevet. Je me promettais que ma vie serait pleine de telles aventures. Je trouvais le XXe siècle grandiose. J'admirais les conquérants, les aviateurs, les cosmonautes, les guérilleros. Je serais des leurs, cela ne faisait aucun doute. J'avais trop envie de vivre... alors que peu à peu mes muscles mouraient. Alors même que mon corps s'effondrait dans la fatigue, la soif de mes rêves, qui étaient plus forts que la maladie, ne tarissait pas. J'étais sûr de guérir, il ne pouvait en être autrement, et je rattraperais le temps perdu.

Le jusqu'au-boutisme de nos parents a finalement été payant. Non seulement nous étions plus heureux en famille qu'en centre de rééducation, mais nous coûtions moins cher à la Sécu à la maison qu'en institution spécialisée.

À l'époque comme aujourd'hui, au-delà de l'attitude de l'administration sanitaire, médicale ou sociale, l'ensemble de la société peinait à accepter le handicap, et les réactions autour de nous furent souvent de gêne, d'évitement, voire de rejet. Ma famille, lorsque notre handicap fut évident, se trouva confrontée aux réactions diverses de notre entourage. Le cercle des proches se modifia en fonction des peurs de chacun et, d'une certaine façon, les masques tombèrent. Entre ceux qui disparurent de notre horizon, et d'autres qui s'y installèrent, une ligne se traça entre les vrais et les faux amis. Une partie de la famille commença à nous éviter. Tel oncle jugea « trop triste » de nous voir handicapés, telle tante écarta des cousins « pour qu'ils ne voient pas *ça* ». À l'inverse, une poignée d'amis, un autre oncle s'engagèrent avec courage, se mobilisèrent pour permettre à nos parents de s'évader.

D'autres encore, plus inquiétants, se rapprochèrent pour des raisons moins louables, qui nous ont aidés en nous croyant condamnés et n'ont pas toujours supporté notre droit au bonheur. Je me rappelle d'une famille bien-pensante persuadée que j'allais mourir. Leur présence n'était en réalité qu'une compassion – voire une fascination – morbide pour le malheur. Lorsque j'atteins l'âge adulte, ce fut pour eux un scandale inavouable de me voir vivre.

*

Enfant valide dans les années 1970, adolescent, jeune adulte et étudiant en fauteuil manuel dans les années 1980, fonctionnaire en fauteuil électrique dans les années 1990, haut fonctionnaire trachéotomisé dans les années 2000… Ce parcours, le souvenir des heures passées dans les cabinets des médecins, la mémoire du choix courageux et réussi de mes parents ont nourri ma réflexion. Je suis certes devenu au fil des ans de plus en plus dépendant de mon entourage mais aussi conscient d'avoir une place particulière. Être dépendant des autres n'est pas en soi une tare. C'est même une dimension essentielle de la vie. L'enfant et la personne âgée sont dépendants de façon manifeste. Ils ne sont pas pour autant des êtres anormaux. Chacun a des besoins spéciaux. C'est tout. Et, si l'on réfléchit un instant, tout être qui vit en société dépend des autres, et cette dépendance est la source de toute solidarité. Ce qui est toutefois plus difficile pour la personne handicapée, c'est de devoir solliciter toujours les mêmes personnes avec le risque que la fatigue vienne entamer leur don de soi.

La décision de nos parents de nous garder avec eux, qui n'avait rien de facile, était la bonne, comparée aux options offertes par la gestion des centres. Pour la plupart des pensionnaires, vivre en établissement n'est pas un choix, mais une douloureuse nécessité même si le fonctionnement de l'hôpital a heureusement beaucoup évolué. L'apparition de psychologues, la prise en compte de la douleur, des spécificités liées à l'accueil des enfants ont été de grands pas. Combattre la solitude des accidentés de la vie est un vaste défi.

Ce désastre humanitaire perdure encore dans l'indifférence des élus qui préfèrent investir dans le médiatiquement correct. Des milliers d'êtres humains se retrouvent ainsi avec des handicaps lourds sans solution ou « internés à domicile » avec une allocation misérable.

Ces jachères humaines restent des crimes. Handicapés de corps ou d'esprit, peuple des trisomiques, des IMC (infirmes moteurs cérébraux), des pas-beaux, qui s'occupe de nous, les nouveaux lépreux de la société médiatique ? Pendant des siècles, dérangée par la différence, notre civilisation a cherché à cacher ce qu'elle croyait être une malédiction. Aujourd'hui, elle a l'obligation de retrouver la richesse de cette minorité qui lui rappelle sa vocation humaniste. Les Droits de l'homme et du citoyen rappellent que la personne handicapée est d'abord une personne, dotée de droits et de devoirs au même titre que tout citoyen. Nous avons encore un long chemin à parcourir pour que la République mette un terme à son « handignorance », et les citoyens handicapés et leur famille ont beaucoup à apporter à notre démocratie, à condition que celle-ci les écoute et leur donne les moyens de vivre dignement.

Pour preuve, cette scène récente au Sénat, un jour où des témoins du handicap étaient reçus par les sénateurs. Un malade allongé sur un brancard racontait sa vie. Les élus bouleversés se penchaient sur leur pupitre pour entendre ce petit homme à la voix à peine audible. Soudain une phrase s'échappa : « Faites une loi sur le handicap ou légiférez sur l'euthanasie, mais ne nous laissez pas entre les deux ! » L'homme venait de reprendre sans le savoir la devise des soldats de l'an II et des Résistants : « Vivre libre ou mourir ! »

3

Un cri dans la foule

Un jour de visite en prison, un jeune détenu, Mohammed dit Momo, m'a interpellé : « M'sieur le préfet, moi, j'ai raté mon enfance ! » Je lui ai répondu tout de go : « Réussie ou ratée, on n'est pas responsable de son enfance. Essaie quand même de t'en servir pour faire de ta vie quelque chose de bien ! » Son regard perdu n'est pas près de me quitter.

Notre enfance nous poursuit tous. Ce jour où mes parents avaient décidé de m'emmener au cinéma m'a ainsi durablement marqué. Lorsque l'on passe son été sur un fauteuil roulant, le temps passe lentement. La sortie au ciné valait de l'or. Les fauteuils roulants avaient été pliés en hâte et mis dans le coffre de la voiture familiale pour que nous arrivions à temps à la séance de 14 heures. Mon père nous attendait sur place pour m'installer même si cela risquait de le faire arriver en retard au travail. Dans le hall du cinéma, j'étais impatient que l'on me pousse dans la salle obscure. Alors que mon père était à la caisse, un petit homme en costume clair s'approcha de lui. C'était le directeur du cinéma. La discussion s'envenima rapidement.

« Et en cas d'incendie, que fera-t-on avec trois fauteuils roulants ? » rageait l'homme.

Mon père avait beau tenter de le rassurer, rien n'y faisait. Les deux marches de l'entrée devenaient un mur infranchissable. Scandalisé, mon père se tourna vers les autres spectateurs et leur demanda de faire un pas en avant en geste de solidarité. Personne ne bougea. Il fallut remettre le fauteuil dans le coffre et repartir à la maison, le cœur broyé.

Je n'avais pas vu de film ce jour-là, mais je crois avoir plus appris sur l'homme qu'en en voyant une centaine. Le directeur en costume et la foule indifférente avaient préféré rester sourds à l'appel de ce papa qui poussait le fauteuil de son fils. Cette triste anecdote illustre à perfection combien la question de la sécurité et de la responsabilité est une arme de ségrégation. Il est temps de mener une réflexion sur l'utilisation abusive des règles de sécurité qui discriminent les usagers handicapés dans l'accès aux bâtiments, aux transports notamment. Leur application ne doit pour rien au monde entrer en conflit avec le principe de non-discrimination dont la primauté est capitale. Et cela suppose l'ouverture d'un véritable chantier de réflexion. Le handicap remet en cause la façon dont la ville est pensée. Sa verticalité et ses escaliers excluent des millions d'êtres humains. Nos cités ont été construites par des bien-portants qui ignoraient tout de la vie des aveugles, des sourds ou des handicapés physiques. Comme ces spectateurs passifs, savons-nous vraiment ce qu'est le handicap ?

Enfant, j'ai vu un jour un homme passer dans ma rue sur un fauteuil électrique. Je m'étais alors interrogé avec curiosité sur sa vie, son destin. Aujourd'hui, je suis immobile dans mon corps depuis trente ans et je crois en savoir un peu plus sur ce qu'est le handicap. Les muscles qui me portaient ont peu à peu fondu, laissant fuir une vie que j'aimais de plus en plus. Après avoir eu les gestes d'un koala, j'ai adopté la situation de l'iguane. Je suis immobile mais je vois tout. C'est ma langue qui me permet d'organiser mes repas, mes transports, ma vie.

Moi, l'amoureux fou du vélo qui dévalais les allées de la résidence où habitaient mes parents, j'ai dû mettre ma bicyclette à la cave « parce que le médecin l'a dit ». Elle fut pendant des années le symbole de la vie cassée. Combien de fois ai-je songé à elle en me disant : « C'est pour bientôt » ? Las de demander à chaque visite médicale quand j'aurais le droit de reprendre ma course folle sur deux roues, j'ai compris que j'en aurais quatre. Le chemin de la dégradation musculaire sur lequel j'étais engagé m'obligeait à tout quitter. J'abandonnai la cour de récré pour regarder mes copains depuis la vitre de la salle de classe. J'abandonnai mes tâches habituelles à la maison : mettre la table, ramasser l'herbe après la tonte de la pelouse ou arroser le jardin. Petit à petit, je devins spectateur de ma propre immobilité…

Il y avait un « avant » : les vacances en famille, les baignades à la mer, les jeux avec les amis. Et un « après » : l'observation des moineaux derrière les carreaux, le sentiment d'être parfaitement inutile. Je rêvais d'être scout : ce ne fut pas possible. Je dus me contenter de porter seul un béret et créer ma propre troupe, imaginaire. Heureusement, je ne manquais pas d'énergie. Avec un petit groupe d'amis, j'organisai un jeu d'agents secrets… Mes hommes m'apportaient des informations sur les copains de l'école et je gérais les données. Sans le savoir, je testais ainsi ce qui serait un jour mon rôle dans la vie associative. Le réseau marcha pendant trois ans. Il me permit de garder le contact avec quelques garçons. Un déménagement, le choix d'autres écoles et mon groupe disparut malgré lui, les amis avec.

Le silence revint. L'immobilité s'accentua. La vie était ailleurs et ma chambre devint un refuge. Livres, dessins, musique, tout était bon pour m'occuper. J'imaginai un panneau officiel où chaque semaine, j'installais une mini-exposition. Je reconstituais avec minutie les batailles de l'histoire de France en montant des sons et lumières miniature. La compagnie des animaux m'apportait aussi quelque consolation. Je compris alors combien il est cruel de se moquer de ceux pour qui un animal est la seule source de joie. La vie de mes camarades était trop remplie. Beaucoup d'entre eux allaient à la piscine, au football, au centre aéré le mercredi. Rares étaient ceux qui venaient me voir. Mes jeux étaient trop statiques pour eux, me dit un ami. Mais était-ce ma faute si je ne pouvais pas bouger ?

Stéphane, fils d'un taulard, était un de mes rares amis. Je le faisais monter sur mon fauteuil et nous dévalions la pente à une vitesse folle. Un jour, mes roues se bloquèrent et nous tombâmes, propulsés en avant sur le macadam. Le visage en sang, choqué, je compris que je n'étais pas Alain Prost.

« Stéphane, on va jouer à autre chose, tu sais… »

Le plus difficile fut pour l'enfant que j'étais la découverte des limites de la résistance de mon postérieur. Mon coccyx était en feu dès trois heures de l'après-midi. L'épreuve la plus dure était de ne pas pouvoir aller aux WC, puis de comprendre l'origine du liquide qui soudain me souillait et, surtout, de devoir demander à un ami de l'éponger. Je prenais des scuds dans le cœur chaque jour.

La différence dérange. J'expérimentais ainsi la fuite des regards, la gêne des proches, les non-dits déguisés, les fuites habiles. Mon corps était étrangeté, mon mode de vie bizarrerie. Mon univers se limitait à l'école (du moins la classe, la cour de récréation m'étant interdite), la famille (seulement celle qui acceptait encore de nous fréquenter), les soignants et la télévision. L'immobilité progressait. Avec le fauteuil, je n'étais plus fatigué mais je changeais de statut, j'étais devenu « différent ». Mon agonie de valide s'acheva à l'âge de treize ans. J'entrai alors dans la famille des « zhandicapés ». Je commençai à m'habituer aux douze à quinze heures quotidiennes de fauteuil roulant, physiquement… Mentalement, c'était encore Hiroshima. Mais ce fut une étape capitale dans ma construction intellectuelle.

Les adolescents ne se font pas de cadeau et ils ne m'en firent pas. Les élèves qui m'entouraient me bombardaient de questions sur ma maladie, mon fauteuil. Le handicap était au cœur de mes discussions, il devenait l'émetteur et le récepteur de chacune de mes communications. L'homme naît de la glaise. Moi, je mordais la poussière. À l'impatience de vivre de l'enfant avaient succédé chez le jeune garçon la désillusion et la contestation. À cette époque-là, je rencontrai un lycéen qui rêvait de combats de rue et de pouvoirs alternatifs. La société était injuste et il voulait la détruire pour mieux la reconstruire. Il était à moitié fou mais lui, au moins, il me parlait. Il me donna à lire une littérature politique utopique et éclectique. Je devins politiquement incorrect, à la fois maurrassien (le racisme en moins), démocrate-chrétien et écologiste. La révolution était inopérante, la réforme incontournable. Mon handicap me stimulait pour approfondir ma réflexion. Je découvrais que l'histoire de France avait occulté le destin des enfants, des fous, des Noirs, des handicapés, des ultramarins, des femmes. La respectable histoire officielle cachait celle des silencieux. Les zoos humains de 1899, les femmes violées de 1914, les coloniaux sacrifiés de 1917, les handicapés mentaux affamés de 1940.

Avec mon argent de poche, je m'abonnai à une trentaine de revues à la fois, tous azimuts. La boîte aux lettres familiale recevait *Rouge*, *Minute*, *La lettre des Radicaux*, celle du CDS... Ma solitude était ainsi provisoirement comblée : je dévorais des montagnes de livres, d'émissions de télévision, de magazines. Il était exclu que je subisse toute ma vie l'état d'inutilité auquel ma maladie semblait me condamner. Je voulais servir à quelque chose. Et pour cela, conscient de mes droits, il fallait que ma réclusion prenne fin.

L'exemple de mon grand-père Jean Parisot, mort en déportation en décembre 1944, guidait mes méditations. Coulant du béton pour les rampes de fusées à longueur de journée, épuisé, c'est lui qui encourageait ses compagnons de bagne par son humour : « On va s'attacher aux fusées et voler jusqu'en Angleterre. » À ses amis qui crevaient de faim, il promettait d'acheter un salon de thé pour s'empiffrer de petits gâteaux… Son courage m'illuminait. J'avais trouvé mon modèle.

4

Mamie d'Épinal

J'eus en effet la chance de trouver dans ma famille de vrais modèles d'héroïsme. Pour beaucoup, la famille est un lieu de conflits, producteur de fragilité et de névroses. Être « héritier » n'est pas très à la mode. Les Parisot sont des patriotes fervents. Alphonse Parisot, le trisaïeul, s'est fait « plomber » en 1871 par les Prussiens. Émile, le bisaïeul, s'est fait cribler de grenaille allemande à Verdun en 1916. Jean, l'aïeul, s'est fait descendre par la DCA nazie. On sait donner son sang pour la patrie.

Après des études commerciales, Jean avait choisi l'aviation, symbole de progrès et de liberté qui faisait rêver tous les jeunes de sa génération. Engagé, radicalement patriote, la politique était pour lui une évidence : il siégeait au conseil municipal, militait aux Croix-de-feu. Homme d'action, il présidait par ailleurs une société de sport. Il était aussi aimé pour sa jovialité et réputé de très bon caractère.

En 1935, il épousa Marie, une jeune femme issue d'une famille de l'Isère aux idéaux élevés, et descendante directe de la famille du « magnifique seigneur Pierre de Bayard », le symbole du serviteur qui ne cherche que le bien de sa patrie. Le père de celle-ci était strict mais elle en admirait la dignité, sa mère était pieuse mais elle en aimait l'esprit moqueur. Quatre ans de mariage s'écoulèrent et Jean fut mobilisé. Quatre ans de bonheur martelés par la montée du nazisme. Le 20 mai 1940, alors qu'il était chargé d'une mission de reconnaissance profonde dans les lignes ennemies, son Potez 63-11 fut en butte au feu nourri de la défense antiaérienne allemande et criblé de balles. Pris ensuite à partie par la chasse, l'appareil réussit néanmoins, grâce au courage inouï de son pilote, à revenir dans les lignes françaises. Parisot, le poignet brisé et le visage brûlé, ne songea qu'à dégager ses camarades de la carcasse et à communiquer sans retard les précieux renseignements qu'il avait rapportés. Jean fut évacué en catastrophe le bras en écharpe. C'était un héros, cité à l'ordre de l'armée.

Vint le temps du marché noir, des alertes aériennes, des rumeurs sur les camps de concentration, ces usines à tuer les hommes. Jean fut l'un de ces patriotes de droite qui refusèrent toute compromission avec le nazisme. Seuls les Alliés pouvaient libérer la France et il devint gaulliste, entrant dans la Résistance des FFI. Il abritait alors des déserteurs allemands.

À Épinal, le débarquement jeta la Milice et les forces d'occupation dans la panique. La police française prévint un jour que la Gestapo allait passer. Jean refusa de fuir et d'être la cause de représailles sur des innocents et sur sa famille. La police allemande débarqua comme prévu le lendemain. Une cinquantaine d'hommes fut arrêtée ce jour-là. Pour Jean cela se passa dans la cour de l'école Saint-Goëry. La Gestapo questionna violemment les « terroristes », torturés à coups de nerf de bœuf, puis transférés au camp de Compiègne.

Prétextant l'approvisionnement en sucre de l'épicerie familiale, Marie partit à sa recherche. La zone était pilonnée par les Anglo-Américains et dans certains villages, Marie apercevait les rampes de lancement de V1. À son arrivée à Compiègne, désolation. Le dernier convoi ferroviaire était déjà parti pour l'Allemagne. Plus aucunes nouvelles.

Jean arriva au camp de concentration de Neuengamme, sur la rive droite de l'Elbe, au milieu des marais. En décembre 1944, on y comptait quatre-vingt-quatre décès par jour en moyenne. Il y porta le matricule 37105. Rasé et vêtu en bagnard, il se levait à 6 heures, travaillait jusqu'à la tombée de la nuit. Les détenus dormaient à deux ou trois par lit, dans la vermine et les épidémies. Le matin, soupe au lait claire, appelée généreusement « café » et à midi, soupe de navet avec un peu de graisse. Le camp comprenait des kommandos extérieurs où l'on réalisait des travaux pour la Luftwaffe. Jean Parisot partait avec une colonne de trente personnes pour préparer des pistes de béton armé. Le travail était épuisant, le vent glacial. Un prêtre et professeur d'histoire-géo, l'abbé Arnoud, disait la messe dans les douches pendant le seul repos du dimanche après-midi. Parisot gardait un moral formidable. Il disait à tous : « On va rentrer bientôt. » Mais peu à peu, ses forces l'abandonnèrent. On le soutenait pour aller au travail. Les trois derniers jours, il ne pouvait plus marcher. Ses camarades le mirent à l'abri derrière des wagonnets alors qu'il traversait une dernière crise. Il parla de sa famille, il se faisait du souci pour sa femme, ce qu'elle ferait. Puis il tomba inanimé dans la neige sur le chantier. Un Belge, qui avait été désigné pour enterrer les morts, lui attacha autour du cou avec un fil d'aluminium une bouteille contenant nom et adresse.

Quelques mois plus tard, un dénommé André rapporta à Épinal un morceau de papier avec une trentaine de lignes rédigées par Parisot, peu avant sa mort. « J'ai peur de mourir à cause des brutalités de la sentinelle. » Peu avant son arrestation, Marie lui avait demandé : « Et si tu ne revenais pas ? – Tu auras les grâces d'état ! »

Chez Marie, l'esprit de résistance se manifestait aussi, par l'écoute de la BBC, en cachant des réfractaires au STO, des juifs et des déserteurs allemands, en apportant un verre de liqueur aux Spinaliens terrifiés dans les abris après les bombardements. Accrochée à l'espoir fou du retour de son mari, elle rit de bonheur en voyant le premier GI américain, un Noir de l'État de Virginie.

Le 8 mai aura cependant un goût étrange. La maison, bombardée, n'avait pour meubles que des caisses. Et Jean ne revint pas. Il fallut vivre l'absence et apprendre la nouvelle aux quatre petits enfants. Dans la pauvreté, l'isolement et les difficultés, elle releva le défi d'entretenir une famille, sans diplôme, sans métier. Marie dut travailler, affrontant précarité et solitude. Plutôt que pleurer dans les mouchoirs, elle en fabriqua. Elle décida de créer un atelier de confection de tabliers. Les machines à coudre des quatre ouvrières, installées au rez-de-chaussée de l'immeuble, firent trembler les établis pendant un demi-siècle.

Celle qu'on appelle « Madame Jean » ou « Mamie d'Épinal » prit des responsabilités dans l'association des veuves de guerre d'Épinal, visitant les malades et partageant leur amitié. Chez elle, pas de haine pour les Allemands. Dans un univers de bobines, boutons, tissus et étiquettes, la vie a repris. Vers 1950, sa fille rentrant de l'école peu avant Noël surprit sa mère en train de coudre des vêtements de poupée. « C'est pour une petite orpheline », dit-elle, facétieuse. Et sa fille eut la belle surprise de retrouver dans ses paquets cadeaux toutes les jolies petites tenues! Plus tard, les petits-enfants dorment dans le couloir, investissent la maison dans les cris et la rigolade, ouvrent grand le fameux placard aux journaux. Le tricycle, les parties de cache-cache au grenier, les jeux de cartes, les lotos, les puzzles, découpages et coloriages resteront toujours dans ma mémoire associés à mes premières années et à cette femme pleine d'humour qui nous racontait son enfance. Elle éclatait de rire en évoquant les imprévus de l'histoire, les portraits de la famille, le marché noir…

Elle travailla jusqu'à ses soixante-dix ans, gardant toujours un regard libre sur la vie, les hommes, la foi. Elle se levait tôt, vivait pressée, ne s'embarrassait guère de l'inutile : elle détestait perdre son temps, regardait la télé en jouant aux cartes, pensait au menu du lendemain en tricotant, questionnait ses visiteurs, anticipait ses lectures. Tout en étant gaulliste et féministe, elle admirait la foi du charbonnier et portait son humble médaille de Marie. Elle aimait le travail, mais pas pour l'argent, plutôt pour la joie de mener à bien des projets. Le jeu, pour rire et non pour gagner. Les livres furent ses plus fidèles compagnons, avec une préférence pour les biographies historiques. Les infos, la Bourse, la famille, la paroisse, la peinture, les tapisseries, la couture, la presse, les puzzles, les conférences, les expos, les mots croisés l'occupaient le jour… la lecture de *Britannicus* la nuit. Les compliments l'agaçaient au plus haut point.

Philippe Seguin lui remit de ses mains la médaille de la famille. « Vous la méritez bien, Madame Parisot », lui dit-il de sa voix rauque.

Riche de la lutte pour la vie qu'elle avait dû mener, cette femme joyeuse, digne, vraie, vous accueillait toujours… Les centaines d'heures que nous avons passées à échanger m'ont construit.

5

Le désert

Nous n'allions quand même pas végéter à la maison. Le premier combat de mes parents fut de trouver une école accessible. Un véritable parcours du combattant en ce début des années 1980 que de s'opposer à l'arbitraire de l'inégalité des droits.

En classe à vingt kilomètres de chez moi, dans le seul lycée qui avait bien voulu accueillir un élève handicapé, je m'ennuyais énormément. Il me fallait supplier les autres de m'apporter un plateau de la cantine dans laquelle je ne pouvais pas circuler. Les jeunes valides déjeunaient entre eux, sans moi. J'avais trouvé la bienveillance de quelques profs et de deux garçons qui pouvaient plus que d'autres me comprendre, un fils d'exilé yougoslave et Stéphane, dont j'ai déjà parlé, fils de détenu.

Composer avec mon immobilité restait très dur mais au fond de ma solitude, j'étais convaincu que je réussirais. Et si mon désert devenait un allié ? Ce n'est pas un hasard si les grandes religions sont nées et ont prospéré dans l'infini du désert. Mon père dévorait les livres de Théodore Monod et je pouvais m'identifier à ce qu'il décrivait. Sans être bédouin, je vivais dans un désert architectural et social. Le plus difficile était la rareté des amis à qui parler, vers qui crier. Mon désert durerait peut-être trente ou quarante ans mais je le traverserais.

La difficulté n'était pas le handicap lui-même, la maladie, mais le poison de l'ignorance et de l'indifférence. À une époque où les médicaments, les vaccins, l'IVG sont monnaie courante, la souffrance est devenue taboue. Il me fallait persévérer seul. Plus tard, je sus que débarquer en fauteuil roulant dans la haute administration serait une provocation de taille. Mais avant d'en arriver là, il y avait cette fichue école…

Depuis cette époque, je sais que ce n'est pas à l'enfant de s'adapter à la cité mais à cette dernière de s'adapter à lui pour qu'il construise son devenir. Aucune situation n'est heureusement désespérée. En trente ans, les écoles ont commencé à s'ouvrir car les parents sont prêts à déplacer des montagnes afin que leur enfant puisse y entrer. La mère d'un enfant trisomique a ainsi fait une grève de la faim pendant trente jours pour faire plier le rectorat de Paris.

L'humanité est sauvée par ces parents guerriers qui croient en la vie.

Nous avons tous un destin et, lycéen, j'étais déjà persuadé que le mien serait de servir la France, non pas par un nationalisme exacerbé mais par un appel à la résistance citoyenne, à la volonté de servir, de rendre heureux les autres ! Ambitions démesurée ?

La dimension provocatrice du handicap est indéniable. Cette situation oblige à ne pas fermer les yeux et à entrer dans des questionnements aussi sensibles et exigeants que celui sur l'euthanasie. De fait, il s'agit d'un débat douloureux : l'affectif et le sensationnalisme l'emportent trop souvent sur la réflexion. Je suis pour un vrai débat sur l'euthanasie, non pas avec ces pseudo-sages, professionnels de la dignité, mais avec les personnes concernées en premier lieu. Conseilleur n'est pas payeur. Demander ou appuyer une demande d'euthanasie pour un autre est suspect car personne n'est à la place de celui dont la vie ou la mort est en jeu, pas même les parents, les enfants ou le conjoint. La souffrance physique et psychique est une dimension relative. Autant une décision personnelle de n'avoir plus la force de vivre se respecte, autant légiférer sur ce sujet est extrêmement dangereux. Toute loi simplifie et je me méfie au plus haut point du discours généreux qui consiste à nous éliminer, nous handicapés, au nom d'un prétendu humanisme. On élimine toujours avec de bons sentiments ceux qui dérangent. Souvenons-nous que la « libération par la mort » a été érigée comme principe par les nazis ! Je suis donc devenu un opposant à l'euthanasie et à son produit dérivé, l'eugénisme, qui vise à « trier » ceux qui seraient dignes ou indignes de vie. Est-ce réac ? Personne ne peut s'ériger juge de l'humanité.

Notre société prétend défendre les parents, mais elle ignore le danger qui consiste à supprimer les faibles. Le dépistage anténatal revient à « mettre des objets à la casse », et les enfants handicapés deviennent des erreurs scientifiques et administratives. L'enfant dépendrait-il d'un service après-vente ? C'est ce qu'induisait l'arrêt Perruche. Il est évident pour moi que la vie n'est pas un produit de consommation. Je l'ai dit à de multiples reprises, notamment aux parlementaires suisses qui cherchaient des témoins pour aborder ce sujet difficile. Je m'interroge souvent sur notre société où l'émotion a remplacé la conviction, sur notre addiction aux images, à la virtualité de la personne humaine, la destruction des échelons intermédiaires. Une vraie réflexion, humaine et posée, nous permettra de sortir de cette sinistrose.

6

La ligue

Jeune homme, j'étais parfois bien incapable de me projeter dans l'avenir avec mes quatre membres paralysés. Ma chambre serait-elle le fort d'Alcatraz ? Le manque d'éducation à la différence, les préjugés des parents de mes amis, les rumeurs sur la recherche médicale et les spéculations sur ma mort prochaine étaient insupportables. J'étais dans un parking, une voie sans issue, bref, un ghetto. Ma mère avait souvent appelé les administrations en les menaçant de les faire passer à la télé ; ça marchait toujours. Mes parents avaient fait ce qu'ils avaient pu pour déplacer des montagnes mais ce fut un jour à moi de prendre le relais pour « sauver ma peau ».

À dix-huit ans, on me remit la chevalière de mon grand-père, sauvée de l'enfer des camps nazis. Un talisman pour moi qui refusais d'être enfermé sous l'étiquette « différent » ou « sans avenir ». J'ai alors pris conscience de mon identité de « citoyen handicapé » au sein de la communauté nationale. Ce statut de seconde zone n'était-il pas finalement une chance ? Ce qui m'échappait dans ma vie n'était-il en fait pas une occasion de dépassement ? Et cette bague sauvée des camps de concentration, n'était-ce pas une sorte d'appel de mon grand-père à poursuivre la lutte ?

Je côtoyais plusieurs associations et leur système caritatif mais pressentais leur caractère infantilisant. Le jour de la galette des rois de l'Association des paralysés de France, on m'offrait plusieurs couronnes. Les participants me regardaient comme un débile. Je riais de ce jeu de rôles mais ce sentiment de devoir remplir mon rôle d'assisté était grotesque. Je ne me sentais pas respecté dans mon être profond.

En créant plus tard la LNEH (Ligue nationale des étudiants handicapés) avec une cinquantaine d'étudiants handicapés de Nanterre, Dauphine et Orsay, j'eus le sentiment de sortir des catacombes. Il fallait assumer notre condition de handicapés et ne rien cacher des besoins extraordinaires liés à nos vies. Deux mois d'écriture enfermé dans ma chambrette m'avaient permis de résumer cette conviction profonde qu'il fallait crier, sortir du ghetto, de la farce du rapport valide-handicapé. Pour lancer le *Manifeste des citoyens handicapés* destiné à briser le tabou de la normalité, il fallait bien connaître les rouages de l'action publique. Je sollicitai le parrainage de plusieurs personnalités. Mon manifeste faisait trente pages. Seul Hubert Reeves prit le temps de m'écrire et accepta de me soutenir. Qu'il soit le seul à m'avoir répondu ne me surprit pas L'observateur du ciel mettait en perspective l'histoire de l'homme. Que sommes-nous dans cette poussière d'étoiles sinon poussés à nous élever vers l'infini en repoussant nos limites ? Cette mise en lumière s'est accentuée par la suite, suscitant des réactions très diverses lors de la publication de mes articles et éditos. Accueil compréhensif, compatissant, agacé ? J'étais certain de porter un flambeau qui me dépassait et ne m'appartenait pas, j'avais l'audace de croire qu'une nouvelle société naissait et naîtrait par l'intégration des boiteux et des pas-beaux.

Cette affirmation dérangeait ; aussi, pour éviter un rejet immédiat, j'appris qu'avant d'apprendre à parler, il fallait savoir se taire. Paradoxalement pour ceux qui me connaissent « tribun », je compris qu'aller trop vite pouvait s'avérer dangereux. J'encourage d'ailleurs les exclus à mieux observer avant d'agir. Il faut intégrer les codes de l'autre pour se faire admettre.

Une anecdote permettra de l'illustrer : un de mes anciens patrons méprisait le handicap. En rendez-vous, il lisait le journal pour ne pas me regarder et posait ses pieds sur mon fauteuil comme si j'étais un objet. Il voulait que je craque le premier, mais il ne connaissait pas ma force de caractère. Je restai inébranlable tel un mur de granit. Il perdit à ce drôle de jeu et dut me garder dans son service. L'enjeu était pour moi de gagner ma place. J'ai ainsi pu obtenir ma titularisation en « fermant ma gueule ». La sécurité financière était un enjeu trop important, et il me fallait tenir bon.

Je comprends mieux aujourd'hui ce que sont le harcèlement, les discriminations, la solitude. Finalement, avoir été mis au placard fut une bonne chose car j'ai compris ce que ressentent les petits, les humiliés, les sans-grade. Être ainsi méprisé pousse à nous faire tomber de notre superbe, à tisser des liens vrais, et c'est une chance pour moi d'avoir vécu cette situation d'humiliation au travail : une assurance-humilité pour rester à l'écoute des autres.

J'avais été « oublié » dans un bureau. J'en profitai pour beaucoup lire, réfléchir, écrire et prier. La question de l'exclusion, ses mécanismes, ses solutions, était au centre de mes réflexions. Selon nos expériences personnelles, nous vivons dans des mondes parallèles qui ont du mal à se rencontrer. Mais la rencontre inopinée des cultures crée parfois un électrochoc. Je me rappelle être allé voir le directeur de l'Institut d'études politiques de Paris pour lui demander pourquoi les étudiants handicapés ou malades ne pouvant faire du sport devaient passer deux épreuves difficiles à la place pour valider leur diplôme. Ce dernier me répondit que « cela ne me ferait pas de mal de travailler ». Comment ne pas s'effondrer en écoutant de telles âneries ? Vingt ans après, c'est la direction de l'école qui me demanda mon expertise de délégué ministériel en charge du handicap. Ce changement d'écoute me stupéfia. Les mentalités évoluent, heureusement, mais les contours de l'exclusion aussi.

7

La voix de l'enfant

En visitant un atelier d'écriture pour personnes handicapées psychiques alors que j'étais devenu sous-préfet, j'ai rencontré Lili Coquelicot, une timide jeune fille de vingt-deux ans. Je lui ai demandé de quoi elle avait le plus besoin. « D'attention », me répondit-elle. J'ignore ce qu'elle a vécu mais, bouleversés par la violence des adultes, les enfants n'osent le plus souvent rien dire. Terribles récits d'impuissance, voix étouffées. Les victimes se taisent. Je comprends les revenants des camps qui se taisaient, eux aussi. L'enfer ne se décrit pas, et tenter d'expliquer, c'est un peu faire survivre la bête.

Je me rappelle ma sœur aînée, brutalisée par un kiné qui par sadisme lui enfonçait la tête dans l'eau de la baignoire, ou de ce chauffeur de taxi qui s'amusait à freiner brutalement pour faire tomber ses jeunes passagers myopathes. Et tant d'autres souvenirs directs des souffrances infligées aux sans-grade ! Mes années collège furent marquées par des hospitalisations successives. L'opération la plus douloureuse fut celle de la section d'une partie des muscles de la jambe et de la hanche droites à quinze ans. Je dus rester allongé tout un mois, un vrai calvaire. Une nuit d'enfer à l'hôpital Necker me hante encore. Tous les jeunes myopathes de ma chambrée chialaient de douleur. L'obscurité enveloppait les rangées de chambres. Une odeur de médicament accompagnait le lourd plateau à roulettes. Une infirmière, véritable kapo qui confondait sans doute Necker et Dachau, nous rudoyait sans remords. Elle réservait ses éclats de rire à ses copines du couloir. Dans ce désert, constatant que j'étais le plus âgé, et que mes voisins, des « petits », ne recevraient de leur part aucun réconfort, j'entonnai en continu des chants jusqu'au matin pour humaniser ce qui pouvait l'être. Nuit étrange où je chantai pour ces gamins torturés physiquement et moralement. Je me promis à ce moment, si j'en réchappais, de ne jamais me taire sur la barbarie cachée des hôpitaux.

On nous lavait à l'eau presque glacée, nous laissant nus, grelottants sur nos lits. L'aide-soignante, appelée ailleurs, partait sans se préoccuper de notre pudeur. Elle revenait un quart d'heure plus tard, sans un mot d'excuse. Nous tremblions tous de froid, du savon séché et sommairement essuyé sur la peau. Tout le monde souffrait en silence. L'enfer de la maltraitance ne faisait que commencer.

Inutile de dire qu'après de tels événements, j'appris à naviguer en solitaire pour ne pas vivre en naufragé. D'un côté, ma vie de valide qui s'éloignait, et de l'autre, ma vie future qu'il fallait construire, et vite. Si je ne faisais pas le deuil de mon existence d'avant ou de celle dont je rêvais, je ne pourrais pas préparer l'avenir. Je sais aujourd'hui que ce n'est que lorsqu'on a tout perdu que l'on a tout à gagner. Lycéen, mon dessein était déjà d'ouvrir une voie politique, unique, singulière pour les personnes handicapées. La minorité que nous constituions devait s'inventer un avenir et réduire le malaise.

J'eus mon bac littéraire assez facilement. Le lycée avait été un désert. Mes études seraient une aventure. Un soir de septembre, mes parents me déposèrent dans un internat parisien. J'avais réussi, à la surprise générale, le concours d'entrée à Sciences-Po Paris. Ma joie éclata. J'étais « mort de rire ».

Nous espérons tous vivre des relations parfaites avec les autres, loin des épreuves et des remises en question. L'idée « France » a-t-elle encore du sens, dans ce temple de l'éducation républicaine ? J'allais vérifier que la mixité n'était pas au rendez-vous.

8

Rue Saint-Guillaume

L'espérance est un risque à courir. Avant de lutter pour les droits des citoyens handicapés, il faut d'abord leur donner de l'espoir. Inutile de broyer du noir. La démocratie nous excluait, nous allions donc la changer !

Plein d'idéal, j'arrivai dans les vieux et prestigieux bâtiments de Sciences-Po avec ses centaines d'étudiants, son brouhaha, ses cours passionnants. On était loin de l'Executive Master « Gestion et politiques du handicap » qui y fut créé en 2007.

Arrivé dans Paris avec ma seule valise, tout était à construire. Le premier soir, je me retrouvai dans un réfectoire plein de jeunes « bipèdes ». Il me fallait de l'aide pour me coucher. Il fut terriblement difficile d'exposer mes besoins à ces prépas HEC ou maths spé qui n'avaient jamais vu de jeunes handicapés. Certains acceptèrent néanmoins avec un enthousiasme qui me changea fort de la solitude et des dos tournés du collège et du lycée. Je gagnai ma liberté et une poignée de solides amis. Petit à petit, nous apprîmes à nous connaître. Nous passions des soirées entières à jouer au tarot, à refaire le monde, à parler littérature. Je suis d'ailleurs devenu depuis le parrain de la fille du pion de l'internat.

Ma vie venait de basculer, dans le bon sens du terme cette fois. Mon kinésithérapeute, un jeune protestant à l'humour ravageur, me donna l'affection d'un frère, n'hésitant pas à se rhabiller en pleine nuit et à traverser Paris pour répondre à l'un de mes SOS. Certains camarades m'assurèrent d'une amitié totale, allant jusqu'à tirer et pousser mon fauteuil dans la neige pour m'emmener en cours, tel Jack London dans son traîneau. Il faut accepter d'avoir peur, accepter l'inattendu… surtout lorsque, arrivé enfin à bon port après une heure d'efforts dans le froid, on risque d'apprendre que les cours sont annulés !

Je travaillais avec acharnement parmi les fils à papa de la rue de la Chaise. Je comptais sur l'aide des appariteurs pour pousser mon fauteuil roulant d'une salle à l'autre. Un jour, alors que j'attendais l'un d'eux, stationné sur un de ces trottoirs penchés des abords de l'Institut, un frein lâcha soudain, et le fauteuil bascula. Ma tête partit en avant et je heurtai le trottoir avec une telle violence que je perdis connaissance. Je trempais dans l'eau glacée du caniveau, seul. Bientôt, j'entendis une voix me parler en allemand et des ongles bleus s'approchèrent de moi.

« Il faut l'aider ! »

Le couple de punks du quartier était là. Ce sont eux qui me remirent dans le fauteuil. J'étais groggy, le visage éraflé. Trempé et la roue voilée, je n'avais qu'une idée à l'esprit : aller en cours.

De longues soirées plongé dans des polys de droit constitutionnel, d'économie ou de sociologie, je voyais, quand je tournais les yeux vers la fenêtre de ma chambrette, Paris et les familles devant leur télévision. Je devais apprendre à gérer à la fois mes transports, mes cours, mes affaires, mes soins, tout organiser, hiérarchiser, coordonner. Seul dans le hall de l'IEP, je pris un jour une décision folle : entrer dans l'ascenseur pour aller en salle de cours. Mon désir : décrocher le diplôme qui me donnerait les clés de ma liberté. Mon problème : l'exiguïté de l'ascenseur. Ma solution : faire des trous et vivre ma journée à coups d'escarres sur un fauteuil à moitié fermé. Expérience sensorielle à vivre !

J'étais entouré de fils de fonctionnaires ou de chefs d'entreprise, de brillants surdoués, de futurs notables. Inutile de préciser que je dénotais. Je planchais dans les couloirs de l'Institut, assis dans mon fauteuil roulant parmi les fumeurs. La plupart des salles étaient inaccessibles et je devais me contenter du hall d'entrée.

« Que voulez-vous, M. Parisot ? me demanda une gentille secrétaire de l'IEP.

– Tout simplement participer aux débats politiques, comme les autres ! »

J'allais écouter Jack Lang, Raymond Barre, Bruno Mégret, Éric Besson… Une drogue. Le FN me répugnait, avec sa façon de penser lobomotisée. Pour eux tout était moche, triste, dégradé (sida, invasion musulmane, tous pourris…). Un de leurs militants, un passionné d'art, se suicida. Il expliqua dans une lettre que « la vie ne valait pas la peine d'être vécue ».

Chacun de mes trajets entre l'internat et l'école était une épopée potentielle. Certains chauffeurs de taxi me rackettaient. D'autres me faisaient rire : je me rappellerai toujours cet immigré malien, qui confondait « Saint-Sulpice » et « Saint-Supplice ».

Face aux multiples insuffisances du système éducatif, l'étudiant handicapé était renvoyé à « ses propres moyens ». Les quelques facilités offertes par les bourses d'enseignement supérieur étaient et restent largement insuffisantes et bien loin en tout cas de « garantir un minimum de ressources », selon la formule qui les définit. L'absence de statut d'étudiant handicapé me pénalisait chaque jour. Je ne bénéficiais d'aucun moyen humain ou technique d'accompagnement. Pourtant, Paris était une formidable occasion de découvrir la vie.

J'aimais le vacarme des bus, les terrasses bondées, les originaux, la presse, les colonnes Morris.

Je travaillais frénétiquement, aidé par mon ami protestant, génie de l'électronique. Je savais que ma vie était en jeu et je repoussais le plus loin possible les limites de la fatigue. La plupart des personnes handicapées qui n'ont pas été scolarisées – ou trop peu – n'ont donc pas accès à l'emploi. Je ne voulais pas être de ceux-là, condamnés à vivre avec six cents euros par mois. J'étais donc une bête de travail, jusqu'aux larmes d'épuisement. Le système D était la solution à tout. Un festival de cascades à ne pas faire chez vous en découla. Dans ma chambrette d'étudiant, j'avais par exemple l'habitude d'utiliser mon radio-réveil pour me prévenir de l'arrivée de mon kiné. Un soir, je m'endormis sans m'être rendu compte que l'alarme était mal programmée. Une musique de hard rock me réveilla brutalement en pleine nuit. Sorti de ma torpeur, je découvris avec horreur que c'était parti pour sept heures ! Immobile, il ne m'était pas possible de toucher à un seul bouton de ce fichu radio-réveil, pas même à celui du volume et, question hard rock, je fus servi, avec ce méga-concert… la veille d'un examen. Je rêvais de pouvoir lancer une chaussure sur la petite boîte, lorsque le bruit lointain d'une chasse d'eau se fit providentiellement entendre ! J'appelai au secours de toutes mes forces. L'étudiant vint éteindre l'appareil. Depuis lors, je suis devenu un pro de la télécommande et autres gadgets électroniques…

Le jour où j'obtins mon diplôme de Sciences-Po Paris fut l'un des plus beaux de ma vie. Au « grand oral », immobile sur mon fauteuil roulant, j'affrontai les regards, et un tir nourri de questions.

« Vous l'avez dès la première session ! » m'annonça au téléphone la secrétaire de l'IEP.

Autour de moi trois femmes pleuraient : mamie, maman et Katia.

J'avais vécu comme un ermite un peu fou, aidé il est vrai du François Villon de l'internat, du barde de la prép'ÉNA, de l'infirmier tunisien de la Goutte d'Or. Ma volonté n'aurait servi à rien sans le constant et fidèle soutien de mes amis. Je ne peux oublier ce professeur de droit, M. Parodi : connaissant mes immenses difficultés de transport, il n'hésitait pas à faire attendre les sept cents élèves avant de débuter son cours. Sans ces lumières et ces frères, je serais mort aujourd'hui.

J'avais envie de dévorer la vie au sortir de l'école. Je décidai de me spécialiser dans l'étude des minorités. Mon DEA sur l'identité auvergnate puis mon doctorat sur l'identité picarde en poche, il fallait voir le terrain.

Cette folie, j'ai voulu la vivre en partant en Roumanie juste après la chute de Ceausescu. Débarquer en Transylvanie avec un fauteuil roulant, c'était loin d'être commun, on s'en doute. Avec trois compères étudiants aussi inconscients que moi, je décidai de rallier les montagnes de Dracula à la mer Noire. La diversité des peuples est une chance et le kaléidoscope des Balkans fut une rencontre marquante. Trouver un kinésithérapeute roumain fut notre premier challenge. À notre arrivée à Bucarest, nous avions rendez-vous à l'hôtel avec l'un d'entre eux. L'interprète avait eu une panne d'oreiller, c'est donc seul que je fis la connaissance de cet homme qui venait m'aider. Christian ne parlait que roumain et, en dehors du français, je ne me débrouillais qu'en espagnol. Il avait des notions de russe, et moi d'anglais. Ne pouvant bouger les membres de mon corps, la langue des signes m'était interdite. Je lui demandai s'il avait fait un peu de latin. Et c'est ainsi que, deux mille ans après le passage des légions romaines en Roumanie, je parvins à faire mes soins. Nous utilisions un horrible charabia : « bouger la main » devenait « *oscillare la manus*-OK », se lever « *ascendo ego* », etc. Ce système D linguistique fut une réussite. Preuve que, lorsque les moyens de communication classiques sont inadaptés, il est toujours possible d'en inventer de nouveaux…

Grâce à ce voyage épique qui nous a valu autant de fous rires que d'arrestations par la Securitate, je réalisai qu'évoluer en milieu hostile ou indifférent faisait partie depuis longtemps de mon quotidien. La vie n'a pas besoin d'être un tour du monde pour être une aventure. Sans être dans le désert, je sais ce que sont la soif et le rationnement en eau. Sans être entouré de Massaïs, je sais ce que c'est que d'être le seul autochtone d'un peuple assis quand tout le monde reste debout. Ma tragédie devait soudainement se transformer en indépendance.

9

L'ascension

On ne subit pas l'avenir, on le fait. Premier étudiant tétraplégique diplômé de Sciences-Po, il me fallait maintenant convaincre de mon bon droit de travailler. Le futur sous-préfet bombardait de CV les mairies de droite comme de gauche. Fallait-il y préciser que j'étais handicapé ? Sans être ingénieur de la NASA, j'avais compris que l'imagination serait primordiale pour vivre normalement. Je décidai que je ne mentionnerais mon état qu'au téléphone, lors de la prise de rendez-vous, après que les employeurs auraient lu mon CV jusqu'au bout.

La vie prend parfois l'apparence d'une ascension de l'Himalaya. Chaque matin, la peur au ventre, j'espérais que les personnes qui me donneraient à manger le feraient avec patience. Aux besoins primordiaux de la vie, faisaient face des personnes, des visages, des amis. Mais pour avoir une vie professionnelle digne de ce nom, c'était beaucoup plus complexe. J'étais le seul à pouvoir coordonner, arbitrer, gérer, hiérarchiser mes besoins dans un univers différent, au bureau, à cantine… Si je commençais à faire le difficile, je serais fini.

La liste des ruses que ma maladie m'a poussé à mettre au point est longue. Pour hisser la main près de ma bouche, j'ai longtemps mordu mon index afin de tirer le reste du bras… Pour me gratter la tête, je cherche encore l'angle d'une porte et recule mon fauteuil. Pour prendre un stylo, je tire la feuille placée au-dessous et je tracte l'objet. Pour me pencher en avant, j'accélère et je freine brutalement afin d'accentuer ma chute tout en la contrôlant. J'ai longtemps utilisé des fourchettes en plastique ou une fourchette à escargots pour attraper mes frites.

Maintenant, la maladie ayant progressé, je ne peux plus manger seul. L'abandon de ces gestes s'est fait simplement. J'y ai néanmoins perdu un peu l'appétit. Celui qui reçoit l'aide des autres doit accepter d'avoir une éclaboussure dans la barbe, renoncer à redemander d'un plat pour ne pas trop solliciter l'entourage. La patience s'impose, une fois une bouchée terminée, avant de recevoir la suivante qui peut se faire attendre longtemps. Parfois, c'est l'inverse : il faut boire à toute vitesse si l'on veut bénéficier de la portion proposée… et si possible ailleurs que sur les genoux !

La dépendance est devenue mon « assurance-humilité », expression que j'affectionne. L'arbitrage de ces minuscules débats, où la quantité de dentifrice ou la chaleur du bain méritent un audit permanent, est tantôt drôle, tantôt d'un ennui absolu et éprouvant. Mais ces soins sont aussi pourvoyeurs d'enrichissantes rencontres avec tout un peuple de petites gens, d'élèves, de jeunes, de débutants, dont je ne soupçonnerais autrement peut-être pas l'existence.

10

Première évasion

Un jour, en tant que sous-préfet, je décidai de rencontrer un maire dans une maison de retraite. Arrivé à l'heure du déjeuner, j'assistai à une bagarre entre résidents, pour une histoire de dessert. La directrice s'excusa, confuse : il manquait du personnel.

Dépendant de tous, je savais que la vie des personnes handicapées reposait sur le passage des soignants. Je ne compte plus les dizaines de Céline, Sylvie, Sabine, Roseline, Ludivine qui m'ont déshabillé – heureusement, ma femme n'est pas jalouse ! La journée est scandée par les « bonjours » mornes ou gais du matin, les « au revoir » qu'on soupire malgré soi, car on aimerait parfois ne jamais se revoir. Les jeunes femmes souriantes alternent avec les tristes sires.

Je revendique le droit du malade à participer activement à l'organisation de sa vie et ses soins : leur contenu, leur rythme, le matériel utilisé, les horaires des visites... Sa vie privée doit être respectée, il doit pouvoir choisir son personnel soignant, aussi bien son médecin, que son kinésithérapeute, son infirmier ou son aide-soignante. Les possibilités d'évasion sont restreintes car mon corps a besoin d'aide. Il est objet de la sollicitude de tous. Je ne peux fuir à ma guise vers une lointaine oasis et ma tête ne sait où reposer. « On fait la "petite toilette" ? » interroge l'aide-soignante. Je réponds oui, machinalement, lorsqu'on me tourne pour réaliser l'opération en question.

Je pourrais fonder une nouvelle discipline olympique : l'immobilisme. Je suis le découvreur de la survie sans muscles, un combattant de l'immobilité, un dompteur de monotonie. Je suis un artiste sans filet. Les soins s'enchaînent les uns après les autres. Il me faut faire les efforts les plus fous pour contrôler mes muscles sans tomber. L'habillage est un exercice méticuleux. Un pli, une mauvaise position, et la journée sera difficile. Le pantalon ou le caleçon mal installé, et c'est la catastrophe assurée...

J'ai le souci d'être agréable à mon entourage et à moi-même. Ce qui devient délicat en cas de rhume : pour me moucher, la plupart des gens n'osent pas pincer les narines, le nez coule et le mouchoir est impuissant. De longues heures peuvent passer, un moucheron sur la joue. Je préfère encore les mouches :

elles, au moins, elles partent lorsque l'on bouge la tête ! Le facteur sonne à la porte sans que je puisse ouvrir... Je suis ainsi dispensé d'acheter l'incontournable calendrier de la Poste !

Mon immobilité m'a appris à identifier la vraie personnalité de mes interlocuteurs. Morceaux choisis : « Si j'étais infirme comme vous, je crois que je me flinguerais », me décocha un jour en coup de poing un parfait inconnu. Se flinguer ? Est-ce si tragique que de ne pas être valide ? À l'heure des navettes spatiales, circuler sur terre avec un fauteuil électrique est-il stupide ou simplement précurseur ? Je suis stupéfait d'entendre à la télévision un intellectuel s'interroger sur le diagnostic anténatal comme si nous étions, nous, les handicapés, des bébés chats qu'on aurait le droit de jeter à la rivière. La vie sur quatre roues me permet de percevoir, au-delà des mots utilisés, bien des vérités. Concernant le fauteuil, les plus habitués parlent du « fauteuil roulant ». Ceux qui n'en voient pas souvent disent plutôt « chaise », ce qui serait déjà moins confortable. D'autres, embarrassés, ne sachant pas comment nommer la « chose », le désignent comme une « petite voiture » (pensent-ils aux autos tamponneuses ?). Pour les plus ringards, il s'agit carrément d'un « chariot ». À ceux-là je réponds que je n'ai pas envie de passer ma vie sur un chariot. Un passant parisien l'a nommé un jour « petite charrette » : il n'avait sans doute jamais mis les pieds à la campagne de sa vie... Si je suis sur une charrette, qui est l'âne qui la tire ?

Ces questions de vocabulaire sont beaucoup plus importantes qu'on le croit : elles nous permettent immédiatement de « tester » la proximité ou l'habitude de notre interlocuteur. Le lève-personne ou le lève-malade, le pistolet ou l'urinal ne sont pas des termes utilisés indifféremment. Mon fauteuil roulant est le prolongement naturel de mon corps. Si le premier venu prend appui sur la poignée de mon fauteuil sans mon autorisation, j'ai l'impression de devenir un portemanteau. Les valides ignorent qu'à force d'être sur un fauteuil, nous sommes sensibles au moindre frôlement. Je ressens jusqu'à la qualité du tissu du manteau d'une femme, détecte la main habile ou stressée, identifie la présence ou les intentions d'une personne immobile dans mon dos.

« Dans chaque petite chose il y a un ange », écrivait Bernanos. Lorsque notre espace se réduit, on le connaît par cœur. Ce phénomène est familier aux prisonniers. J'ai rencontré un jour Alain Decaux. Cette rencontre fut essentielle. L'homme était paisible mais maniait les mots comme un orfèvre. Sa carrière de ministre fut brève mais c'était un magicien du langage incomparable, capable de maintenir un auditoire de cinq cents personnes pendu à ses lèvres pendant trois heures. Il m'avoua que sa passion pour l'histoire lui était venue du comte de Monte-Cristo, ce personnage qui resta reclus en prison presque quinze ans avant de dépenser l'énergie accumulée à faire justice et à se venger. Pour ma part, cela fait plus de trente ans que je vis dans le silence de l'immobilité. Mon château d'If, c'est mon fauteuil roulant. Je n'ai rien fait pour mériter mon enfermement. La différence avec Edmond Dantès, c'est que mon histoire est vraie. Je travaille pour aujourd'hui, pour que le présent soit beau. Il faut lutter, ne pas se décourager, donner tout ce dont notre corps et notre esprit sont capables. Un ami m'a déclaré : « Mais toi, tu es fort. » Non, je ne suis pas fort, j'ai eu de la chance, voilà tout. Mais il faut dire que le regard d'une femme s'est posé sur moi et qu'il a changé bien des choses.

11

« Pourquoi n'as-tu pas choisi un papa debout ? »

Nous faisons nos principaux choix de vie vers vingt ou trente ans. Il faut planter tôt si l'on veut voir l'arbre s'épanouir. Lorsque Katia et moi nous sommes rencontrés, j'avais à peine seize ans. J'ai tout de suite su qu'elle serait un jour mon épouse. Notre amour a vite embrasé nos vies. Au fil des mois, nous sommes devenus inséparables. Cela n'avait rien d'une amourette. J'étais touché par sa présence autant que par son absence. Nous étions très différents et donc très complémentaires. Katia était issue d'une famille de huguenots, des croyants persécutés qui s'étaient réfugiés dans les Cévennes au XVIIe siècle.

Au début de notre relation, Katia eut peur que son amour ne soit que de la pitié. Le regard des autres était aussi tranchant qu'une lame de rasoir jusqu'au jour où, dans la cour du lycée, nous nous sommes donné la main.

Nous avons dès lors vécu un immense bonheur. Chaque jour une lettre. Chaque soir un coup de téléphone. Nous ne pouvions plus vivre l'un sans l'autre.

Nous avions le regard tourné vers l'avenir, espérant bien que la vie ne serait pas assez cruelle pour me laisser sur un fauteuil pour toujours. Pendant ses vacances ma fiancée vendait des cartes de vœux pour aider la recherche médicale. Si les acheteurs manquaient, elle complétait avec son argent de poche. Cela ne faisait aucun doute pour nous : d'ici dix ans je gambaderais comme un lièvre. L'amour de ma fiancée me rendit l'espoir. Je voyais l'horizon et il ne me restait plus qu'à avancer.

Mais en approchant de nos vingt ans, je sentis venir la crise. La recherche médicale faisait de grands pas, mais pas assez pour nous. Nous comprîmes que nos projets de vie reposaient en partie sur du rêve et que la réalité était tout autre. Il fallut faire le deuil de ces images idylliques où je porterais ma jeune épousée dans mes bras. C'est elle qui devrait me porter dans les siens.

Je n'avais guère envie d'aller à Lourdes, de peur de cautionner la BA annuelle des bien-portants. À dix-huit ans, on n'aime pas trop être étiqueté « malade ». Il fallut toute la force de conviction de ma fiancée pour que j'accepte d'aller dans ce lieu où un fauteuil roulant passe en principe inaperçu. Le jour du départ, nous rejoignîmes la gare de Versailles-Chantiers par nos propres moyens. La SNCF avait dépêché deux agents pour me conduire à mon compartiment. L'un des deux employés marchait les mains dans les poches et regardait ma fiancée porter seule nos sacs. Celle-ci l'interpella, l'interrogeant sur le sens exact de sa présence. Elle n'eut pour simple réponse qu'un désinvolte « Mademoiselle, si vous n'êtes pas contente, on vous "le" laisse là ! » Les équipements du compartiment étaient rouillés et on ne put me faire monter, en catastrophe, que dans le wagon à vélos. À Austerlitz, on me porta enfin sur le siège qui m'était destiné.

Je n'étais qu'au début de mes mésaventures. Après quelques heures de trajet, ma fiancée s'absenta pour aller prendre un café. Le temps passa, je sommeillai. À mon réveil, j'aperçus la chaîne des Pyrénées mais Katia n'était bizarrement pas revenue. L'arrêt à Lourdes approchait et je sentis l'adrénaline monter. Mais où était Katia ? Le stress augmenta encore lorsqu'arrivé en gare, il ne me resta que trois minutes pour demander de l'aide, réunir mes affaires et descendre mon fauteuil. Un voisin de compartiment, écossais, procéda non sans peine à l'opération d'évacuation. Déposé sur un quai presque désert, je me retrouvai face au chef de gare étonné.

« Vous êtes pèlerin ? me dit-il de sa voix chantante.

– Oui… oui.

– Vous êtes accompagné ?

– Oui, je crois, de ma fiancée.

– Où est-elle ?

– Alors, ça, je l'ignore…

– Mais Monsieur, il faut être sûr des gens qui vous accompagnent ! »

La disparition de Katia était un mystère complet pour moi, je l'avoue. En réalité, et à ce moment précis j'aurais aimé le savoir, la SNCF avait commis l'erreur à peine croyable de couper le convoi avant le wagon-restaurant au lieu de le couper après. À l'époque, le téléphone portable n'existait pas et personne ne signala le destin des passagers de la buvette qui finirent la soirée en Espagne ! De mon côté, je réussis à rejoindre mon hôtel grâce à une camionnette de légumes conduite par des sœurs rigolardes.

La célébration de notre mariage eut lieu dans la lumière d'un jour d'automne, nous avions vingt-deux ans. Les cloches d'un petit prieuré du Poitou sonnaient à pleine volée pour annoncer la nouvelle. Une foule de cent cinquante personnes applaudissait à tout rompre. Nous avions mis des nœuds de tulle aux rayons de ces roues qui n'inspiraient à certains que de la peur. Katia était belle, comblée de bonheur. Elle ne dit pas « oui » par pitié mais avec la ferme volonté d'être heureuse. J'ai toujours su que je n'étais pas condamné au célibat. Je n'avais jamais douté qu'il me serait possible de rencontrer la femme de ma vie et l'aimer. Me marier me semblait non seulement légitime mais même vital. Ce qui m'arrivait était simplement merveilleux. Et si l'amour n'est pas un peu fou, à quoi bon aimer ?

Cela dit, mes interrogations n'étaient pas les mêmes que celles de Katia. J'ai mon caractère et ma femme le sien. Le handicap nous a poussés cependant à aborder ensemble et avec radicalité certains aspects du mariage : l'évolution de ma maladie, l'accueil des enfants, la sexualité. Pour le reste, il est important que nos identités d'homme et de femme ne soient pas niées. J'ai fondé une famille, je travaille, j'apporte de quoi faire bouillir la marmite. Il me faut cependant lutter afin que ma dépendance ne m'exclue pas, en simple spectateur, des décisions et du quotidien de la vie de famille. La famille d'une personne dépendante devient parfois un radeau de la Méduse, les limites psychologiques des uns conduisent à de la maltraitance larvée, la disponibilité se transforme en aide rationnée, la bonté initiale vire à l'agressivité. Ces déviances poussent la personne handicapée à se mutiler en restreignant ses demandes et la condamnent à une solitude angoissante.

Notre volonté de vie était assez forte pour résister à ces dangers. Comme tout jeune couple, nous dessinâmes les contours de notre famille, organisâmes notre vie en fonction des soins, gérâmes notre dépendance en toute indépendance. Le doute n'avait pas sa place. Mes anciens voisins me prêtèrent une voiture le temps que je puisse en acheter une. Un couple d'instituteurs nous loua un studio. Nous étions fous d'amour et notre folie était contagieuse. Tout s'organisait, même s'il fallait surmonter de nombreux obstacles. Nous n'avions pour mobilier qu'une vieille table de cuisine et un vieux canapé. Nous mangions des patates à l'eau… mais la vie était belle. Une chute qui me valut deux mois d'alitement et une crise de colique néphrétique le soir de notre premier Noël ne parvinrent pas à ralentir notre élan.

Emportés par la joie de vivre, nous bâtissions. Un an après notre mariage, Katia était enceinte. Depuis, nous sommes devenus quatre fois parents. Nouvelles contraintes, mais aussi abondance de joies liées. Je ne pouvais pas soulager ma femme pendant ses grossesses et, la fatigue aidant, certains soirs furent atroces. Il nous fallait assumer seuls le quotidien. Et il ne nous a pas fait de cadeau. Une avalanche d'ennuis s'abattit sur nous. Agressivité de notre propriétaire, inondations et pannes en tout genre, y compris celle de notre voiture sur l'autoroute en pleine canicule avec un fauteuil roulant, deux bambins et ma femme, enceinte, au volant. Un notaire, le médecin-conseil de la Sécurité sociale, les assureurs, un voisin et, plus douloureusement, un paroissien, nous firent connaître les pires déboires... Nous avons vécu une vingtaine d'hospitalisations, entre la fracture du crâne de notre fille, une occlusion intestinale, des complications gynécologiques, sans compter divers points de suture...

Mais la vie a eu raison de tout : les quatre enfants nés de notre amour sont merveilleux. Chacun a son caractère et des trésors qui le rendent uniques. Mon handicap a toujours fait partie de leur paysage. Joseph, mon fils cadet, sans doute « missionné » par son frère, a néanmoins interrogé ma femme du haut de ses quatre ans : « Mais enfin maman, pourquoi tu n'as pas choisi un papa debout ? » C'est vrai, cela aurait été plus simple. Pousser un landau et un fauteuil à la fois, c'est du sport ! Nos enfants ont vu leurs parents se battre et traverser humblement bien des épreuves, essayer de rester eux-mêmes, de vivre malgré les tempêtes de la vie, conscients de leurs limites. J'espère que chacun d'eux tirera des leçons de vie de notre aventure familiale, qu'ils aimeront la vie, la vraie, refusant l'indifférence et l'égoïsme. Jean-Baptiste est maintenant en fac de droit, Joseph en école de commerce, Claire-Marie veut être infirmière et Joachim rugbyman-vétérinaire.

Le cercle familial trouvait un prolongement naturel dans celui des vrais amis. Un soir d'hiver, alors que ma femme, enceinte, me couchait à l'aide d'un lève-malade instable, l'appareil s'effondra en cours de route, avec son passager, votre serviteur, qui se retrouva à moitié allongé sur l'angle du lit, un tube en acier sur la tête. Une aide extérieure était nécessaire pour me relever. Il fallait désigner un Simon de Cyrène. Nous tournâmes les pages du répertoire :

« Celui-là ?

– Non, on va le déranger.

– Et lui ?

– Non, il a son travail et sa famille…

– Et lui ? Il ne dira pas non, il sera même sûrement partant, même si on ne le connaît pas vraiment. »

Ce rapide tour d'horizon nous permit de dresser la liste des quatre ou cinq proches à qui nous oserions lancer un SOS et qui n'hésiteraient pas à se rhabiller et à quitter leurs pénates pour donner un coup de main. Or, ce ne sont pas forcément les plus démonstratifs dans leurs déclarations d'amitié qui se déplacent ! Les porteurs de trésors méritent d'être mieux connus. Ce petit test du carnet d'adresses, tout le monde peut le faire. Qui viendra vous prêter main-forte? Sûrement pas celui à qui vous auriez songé d'abord. Ce sera un voisin, un collègue, un cousin que vous n'aviez pas « classé » au rang de vos proches. Cette aventure m'a montré qu'un ami, c'est celui qui est heureux qu'on le dérange, qu'on pense à lui dans l'adversité, qu'on ne l'oublie pas. L'amitié est aussi un sentiment qui s'enracine dans la découverte de l'autre. L'ami a des ennuis, des espoirs, des secrets. Il n'a pas à tout dire car je respecte sa vie privée, mais je reste disponible à ses appels, à ses cris.

Notre choix de vie a pu sembler un peu fou aux yeux de certains : notre mariage, la naissance des enfants, mon travail... Nous n'avons pas toujours été compris, ce fut souvent douloureux. Les uns restaient muets et paniqués, d'autres effondrés ou pleins de sollicitude. Alors que notre société est placée sous le règne de la raison et de l'extrême prudence, la décision de nous marier a ressemblé à une déclaration de guerre. Notre vie est une aventure et c'est ce qui lui donne sa profondeur et sa grandeur. Pour nous, le bonheur est au présent. Nous recevons l'aide d'une dizaine d'amis. Les uns se lèvent en pleine nuit pour emmener Katia à la maternité, les autres bricolent les adaptations nécessaires ou soulagent ma femme en m'aidant à prendre mon déjeuner sur mon lieu de travail.

Avec presque vingt ans de recul, je ne pense pas – mais cette opinion n'engage que moi –, que la vie du couple « mixte » valide-handicapé soit aussi différente qu'on le croit de celle d'un couple dit « normal ». Elle l'est, bien sûr, du point de vue de l'organisation, des gestes, des contraintes, des renoncements, mais elle ne l'est pas du point de vue « anthropologique ». Je suis un homme, non un mutant. Ma femme est une femme, non sainte Véronique. Notre amour n'a cessé de grandir, confronté chaque jour un peu plus à nos limites, à nos erreurs et à nos faiblesses.

La venue de chaque enfant fut une grande joie. Chaque naissance nous a profondément bouleversés. Nous avons dû forger nos caractères, encaisser la violence des combats, affronter les larmes de rage, d'angoisse, de deuil. Nous continuons à marcher comme deux nomades dans le désert brûlant. Il s'agit de vivre avec nos combats, nos désirs, nos rêves, nos blessures, mais dans l'unité ou plutôt dans le désir d'unité. Nous n'avons jamais fusionné. Cependant, nous vivons en communion et en complicité. Confrontés à l'incompréhension, à la solitude, aux déceptions, comme tous. Nous savons, certes, que ma maladie est évolutive, mais, ignorant son évolution ultime, nous vivons le temps présent. Et l'énergie que nous déployons pour une vie à deux si mouvementée n'est pas destinée à cultiver une image de couple idéal mais à nous faire traverser le désert.

12

Zizanie ou intégration ?

Sous un grand chapiteau de la banlieue parisienne, Lutte ouvrière tenait un meeting. Arlette réclamait l'advenue de la justice et du grand soir. Des militants en casquette vinrent me voir pour m'encourager à les rejoindre dans leur combat qui dénonçait les patrons. Beaucoup de fraternité dans leur regard, peu de réalisme hélas dans les solutions qu'ils proposaient. De son côté, à Sciences-Po, le FN tenait un discours « révolutionnaire », désignant les étrangers comme les coupables de tous les maux. Peu de fraternité cette fois-ci et un violent désir de revanche. « Faire péter le système » était le fonds de commerce commun aux deux mouvements. Non, l'extrémisme ne m'a jamais fait rêver.

Je me rappelais la phrase de Péguy : « Il y a quelque chose de pire que d'avoir une mauvaise pensée. C'est d'avoir une pensée toute faite. » J'en avais pris « plein la gueule » et la rencontre avec la maladie avait déjà changé mon regard sur la vie. Le petit garçon qui gambadait gaiement avec ses copains au début des années 1970 était bien loin. Une cinquantaine d'hospitalisations, dix mille heures de soins, des centaines de nuits d'épreuves avaient façonné mon caractère de façon indélébile. Fallait-il « faire le bordel » pour protester ou créer un comité de vigilance, faire vivre des réseaux, rénover ce qui existait déjà ? Je me savais démocrate mais exigeant, sans misérabilisme mais réformateur, résistant et passionné par la recherche de solutions.

Alité pendant deux mois à cause d'une chute, je continuais à suivre mes cours à l'université. J'avais rempli scrupuleusement ma demande de bourse. Elle était fondamentale pour boucler mon budget de jeune marié, payer le loyer et les pommes de terre. Intrigué par le silence du service des bourses, je commençai à m'inquiéter lorsque j'appris que mon dossier avait été égaré, et qu'il était trop tard pour effectuer un recours. En guise de compensation, le président de l'université me proposait un simple « prêt d'honneur » de trois mille francs. Scandalisé, je déposai les statuts d'une petite association au titre conquérant, la Ligue nationale des étudiants handicapés. Le jour même, j'écrivis une lettre au ministre de l'Éducation, Lionel Jospin, dans laquelle je dénonçais la façon dont l'université me traitait, soulignant au passage l'inaccessibilité du RER et de la plus grande partie de la bibliothèque.

Les militants de l'UNEF raflaient toutes les aides. Je n'en étais pas. Mon combat dura plusieurs mois jusqu'à ce que j'obtienne gain de cause, le dernier jour de l'année universitaire... On m'accorda ma bourse, « pour raison humanitaire ». J'avais gagné et une folle envie de faire sauter les verrous de l'indifférence s'était emparée de moi. J'étais en colère.

Je travaillais comme vacataire de catégorie C au conseil général des Hauts-de-Seine dans une cave éclairée par des néons. On m'avait donné une paire de ciseaux et je devais découper les gravures d'un livre pour les classer. Un travail rébarbatif, et le collègue le plus proche était quinze mètres plus loin. Mon voisin était chargé de mettre des numéros sur des vieilles cartes postales. Nous essayions de presser la cadence pour discuter un peu plus à la pause-café.

« T'as fait Sciences-Po et t'es là ? C'est dingue ! me dit Bernard, qui rame à passer les concours d'adjoint administratif.

– Je n'ai pas le choix, pour payer l'électricité et les coquillettes ! »

Mon objectif était alimentaire, comme pour beaucoup de handicapés, mais je refusais désormais de me taire sur notre condition. Premier handicapé diplômé de Sciences-Po, j'avais commencé, avec ma bande de copains sourds, aveugles ou handicapés moteurs, à dénoncer les effets d'annonce de Michel Gillibert, que nous considérions comme un faux frère, traître à notre cause et qui fut d'ailleurs par la suite inculpé par la Cour de justice de la République pour détournement de fonds. Nous étions convaincus que c'était là que se jouerait notre avenir. Nos réunions étaient très gaies. Un immense sentiment de liberté nous envahissait, nous n'avions rien à perdre. L'accueil des étudiants handicapés par les universités était lamentable. Nous rédigeâmes un livre blanc à l'intention du ministre de l'Éducation, François Bayrou désormais. À la tête d'une délégation de cinquante jeunes qui avaient fait de moi leur porte-parole, j'expliquai au ministre et à son cabinet ce qu'était la « galère » d'un étudiant handicapé. François Bayrou nous adressa de belles paroles sans répercussions réelles. Ses appariteurs cherchèrent ensuite longuement une issue pour faire sortir des locaux de la rue de Grenelle les « gueules cassées » que nous étions, qui se retenaient de rire de l'ironie de la situation. La plupart des politiques se plaignent de la fracture sociale, mais sont incapables de prendre au sérieux la parole constructive de citoyens dès lors que ceux-ci n'appellent pas à la grève ou ne cassent pas du CRS devant les caméras.

C'était en 1995. Une députée alors peu connue, Roselyne Bachelot-Narquin, me reçut. Elle discuta avec moi dans une annexe de l'Assemblée. Très chic avec son tailleur rose bonbon, attentive. Heureusement, je pus faire poser des questions par écrit grâce à quelques députés des deux bords. Cela a-t-il servi à quelque chose ? Je l'ignore.

Ma conviction était que la problématique du handicap, qui pouvait atteindre tout citoyen, nécessitait un arsenal législatif plus ambitieux que ce qui existait alors. Une réforme digne de ce nom devait toucher la société entière, en intervenant sur ses structures et son organisation. Il fallait une loi « sur le handicap et l'autonomie des personnes », handicapées ou non, et pas seulement une loi « pour les personnes handicapées ». Pour rendre leur dignité aux personnes handicapées il fallait faire prendre conscience à la majorité que l'altérité était le moteur du changement social. Contrairement aux autres minorités, nous handicapés étions les seuls à ne pouvoir nous servir de la violence physique. Les grèves, manifestations, blocages nous sont interdits à cause de notre mobilité réduite. Notre principal moyen d'action résidait dans la conquête symbolique et l'« insurrection non-violente ». La prise de conscience politique des personnes handicapées dépendait de leur intégration dans les différentes sphères de la société mais aussi de l'efficacité de la dénonciation des retards et des lacunes. Le nombre croissant d'étudiants handicapés dans l'enseignement supérieur devait conditionner l'émergence d'une intelligentsia handicapée.

C'est alors que je rencontrai Jérôme Vidard. Jérôme était une comète. Les pieds torturés par les rétractions, immobile sur son fauteuil, c'était un des meilleurs étudiants de Dauphine. Son dynamisme aurait levé une armée. On l'appelait « le sublime leader ». Il rêvait de créer des élevages de crustacés au Kenya mais, en attendant, il avait un autre rêve : révolutionner l'organisation des transports à Paris. Avec ses copains de promo, fort d'une vingtaine de sponsors, il créa une société de transports pour étudiants handicapés. Il bousculait tous les institutionnels et bientôt la RATP dut plier. Échanger avec lui était un vrai bonheur. Jérôme sabla le champagne la veille du lancement du mouvement de mobilisation.

Le lendemain matin, son père m'appela : « Jérôme est mort dans la nuit. » Il avait donc fini sa mission sur terre et il était parti dans les échos des bouchons de champagne. Grâce à lui, des milliers de personnes vivent librement. Mon chagrin fut immense mais Jérôme m'avait appris que la détermination des pouvoirs publics ne saurait suffire. Celle des citoyens est indispensable.

Avec un ami, je lançai un mouvement de protestation sur l'inaccessibilité de la gare TGV la plus proche. Un homme qui était pour moi un parfait inconnu, Guillaume Pépy, m'écouta et prit des mesures concrètes. La liberté de circuler devait être un engagement collectif et pas l'apanage d'usagers grognons. L'écoute était une première étape indispensable car ne pas être considéré comme un citoyen à part entière est ressenti comme beaucoup plus injuste que l'inaccessibilité elle-même.

« Et si on cassait les rétroviseurs de ces salauds ? se demandait un ami.

– C'est illégal…

– Et coller un adhésif géant sur le pare-brise ?

– C'est pas légal…

– Et c'est légal de nous pourrir la vie ? me répondait-il.

– Il faut changer les mentalités, pas nous faire détester », rétorquai-je.

Pour encourager les élus locaux à faire preuve d'énergie, je créai alors, avec une poignée de militants associatifs, le « Réseau H », chargé de décerner un trophée de l'intégration à la ville la plus mobilisée. Chambéry l'emporta haut la main et Nicolas Hulot nous prêta son concours pour la remise du prix. L'animateur télé avait accepté de devenir parrain du trophée. La nouvelle star des écrans de télévision s'affirmait idéaliste militant. Il était marqué par le suicide de son frère et voulait faire des actions utiles. À cette époque, il n'avait pas renoncé à être ministre. Avec le Crédit agricole comme sponsor, j'écrivis à cinq mille maires pour lancer un observatoire des politiques locales du handicap. N'ayant reçu que quatorze malheureuses réponses, je compris que la stratégie du « discours positif » serait limitée. « Il faut investir l'espace public par les urnes et oser la transgression ! »

Nous étions en l'an 2000 et la naissance des forums de discussion sur le web m'autorisait à sonder de nombreuses personnes handicapées. À ma grande surprise, la moitié de mes interlocuteurs « handinautes » étaient prêts à créer un mouvement politique transpartisan. Une quarantaine de personnes rédigèrent un programme unitaire. En décembre 2000, nous étions prêts. C'est à l'Assemblée nationale que tout prendrait sens. Claire Chazal relaya cet événement mémorable. Nous n'avions longtemps été qu'un désordre de courage, envahis par la certitude acharnée qu'un jour notre délivrance viendrait. Unis contre l'injustice, notre préhistoire prenait fin. Émus, nous dénoncions la situation de tous ceux qui subissaient l'enfer dans leur chair ou leur esprit. Nous voulions rendre la parole et la liberté – des mots si simples ! –, à ceux dont l'existence côtoyait heure par heure les limites de la souffrance humaine. En participant à la vie démocratique, notre destin basculait. Les citoyens handicapés sortaient de l'ombre pour lutter contre l'abandon dont ils sont l'objet.

13

L'apartheid, mode d'emploi

« La démocratie est le pire des systèmes de gouvernement, à l'exclusion de tous les autres », disait Churchill. Admiratif des idéaux de la Résistance, je rêvais de revenir aux sources du vivre-ensemble.

On avait cru, avec l'élection de Mandela, que le mot « apartheid » appartenait au passé. Regrettable illusion, comme je dus le constater un soir d'hiver, alors que je souhaitais aller voir un film avec ma jeune épouse. Tous mes mauvais souvenirs d'enfance ressurgirent. À peine étions-nous entrés dans le hall, la directrice adjointe du cinéma, colérique, s'avança vers moi pour m'annoncer péremptoirement que désormais, il n'était plus question de perdre du temps à aider les personnes en fauteuil roulant à accéder à la salle du haut. Je devrais me contenter de l'unique petite salle du rez-de-chaussée : c'était celle où passaient les pires navets. Je lui demandai sur quels critères elle choisissait ses films lorsqu'elle sortait avec son conjoint. Sans un mot, elle se contenta de me montrer la porte. J'explosai, j'étais furieux. L'humiliation imposée à mon père des années plus tôt se répétait. Je lui signifiai qu'il y avait des lois en France, que je ne sentais pas mauvais et que je n'étais pas contagieux. Elle me rétorqua qu'elle faisait ce qu'elle voulait dans « son » cinéma ; je ripostai que j'étais en France. Était-ce bien là mon pays ? Allais-je tolérer cet acte de ségrégation ? Je me voyais revenir le lendemain, m'enchaîner à la porte et appeler la presse. Décidé à réagir, je lui déclarai qu'elle entendrait parler de moi et m'en allai, bouleversé.

Le lendemain, je fis le siège du cabinet du maire. Je ne voulais raconter mon histoire qu'au premier magistrat. Ce dernier me reçut et appela devant moi le PDG de Gaumont-France. Celui-ci s'engagea à mener une enquête interne. Une heure après, il me rappelait : mon récit avait été authentifié par les employés du cinéma. Il me proposa le licenciement immédiat de la personne qui m'avait jeté dehors. Abasourdi, je demandai un moment de réflexion. La tempête faisait rage dans mon esprit. Allais-je faire justice par la brutalité ? Je rappelai le PDG. « Laissez-moi lui parler, c'est tout ce que je demande. » Il accepta, et peu après la responsable, en larmes, était au bout du fil. Je lui expliquai d'abord que c'était parce que je préférais la pédagogie que l'affaire n'irait pas plus loin. Elle resta silencieuse pendant que je lui décrivais l'humiliation qu'elle m'avait infligée devant les spectateurs. J'ignore si le message a porté ; lorsque je retournai au cinéma la semaine suivante je la vis baisser les yeux. Les employés furent charmants.

La France serait-elle un pays d'égalité ? La cocotte-minute avait failli exploser, la colère menaçait sans cesse. C'est alors que je m'engageai, en accord avec mon évêque, sur le chemin du diaconat permanent. Je ne suis pas qu'un démocrate-chrétien mais aussi un catholique, amoureux de son Église, surtout quand elle ne se tait pas, vous vous en doutez…

14

Nègre d'un ministre

J'étais un évadé. Je croyais à la démocratie mais pour réussir à convaincre, il faut connaître les codes du monde politique. À peine sorti de Sciences-Po, je fus embauché par un député gentleman, Gilles de Robien, alors membre de l'UDF : un centriste ouvert aux autres. J'avais écrit un petit livre humoristique sur les élections dans lequel j'avais interrogé Krivine, Le Pen, Renouvin, Crépeau, Bouchardeau, ces « damnés de l'Élysée », et cela avait beaucoup plu. Intégré à son cabinet, je devins sa plume. Courriers, discours, synthèses, meetings et colloques sortaient de mon stylo.

La ville d'Amiens était sinistrée après un demi-siècle d'immobilisme. Il fallait mobiliser les talents et toutes les énergies pour réveiller une agglomération après une reconstruction ratée et une désindustrialisation irréversible. Gilles de Robien m'avait demandé de trouver les mots adéquats pour mettre en œuvre cette politique participative. Gilles de Robien avait une puissance de travail qui me convenait très bien. Il fallait s'ouvrir aux centre-gauche, à Génération Écologie. Je lui ai rédigé six mille discours en dix-huit ans. Mon modèle était Vaclav Havel, qui ne cessait de rappeler que la vraie politique était le service des autres. De Robien était à mes yeux un humaniste rejetant les idéologies partisanes. Le soutien aux réfugiés de l'église Saint-Bernard, la réflexion sur le temps de travail et l'exclusion, c'était lui. Nous travaillions avec la fondation Agir contre l'exclusion (FACE) de Martine Aubry et de nombreux sujets passionnants comme l'armement des policiers municipaux, les tribunaux de proximité, le logement très social, les transports propres étaient au cœur de mon travail. La promesse d'un avenir meilleur pour la ville passait par la mobilité. Qui pouvait le comprendre mieux qu'une personne handicapée ?

J'étais « le » nègre. Les commandes tombaient en début de semaine et je devais produire des textes dans le silence d'un petit bureau, du matin au soir. Gilles de Robien était « un homme pressé ». Il confia la gestion de son cabinet à de belles machines intellectuelles, hélas totalement déconnectées des gens du monde réel. Choc des cultures. L'équipe me semblait surtout préoccupée par l'apparence, les sondages. Des golden boys demandaient effrontément aux secrétaires de la mairie comment elles faisaient pour vivre avec moins de trois mille euros par mois. Certains auraient voulu flanquer « le patron » d'une accompagnatrice, jeune et jolie il va de soi, dans ses apparitions officielles. Sans aller jusque-là, l'équipe réussit à faire d'une Miss Picardie une candidate aux élections régionales. C'était déplorable. Je croyais rêver ! Ces faux-semblants de la communication étaient aux antipodes de mes convictions. J'avais du mal à ne pas juger ces collègues superficiels et excusais de Robien pour qui j'avais une admiration filiale.

L'escalier d'honneur de la mairie m'aida à ouvrir les yeux : il m'était bien sûr interdit, je devais affronter une rampe à mobylette en bois qui descendait au sous-sol, où j'arrivais dans l'univers des dames de service qui prenaient leur café au local des poubelles. Ce fut l'occasion de rencontrer une parole vraie. Les femmes de ménage m'aimaient bien. On discutait du fiston, on apportait l'album photo de la famille, on se faisait la bise aux fêtes. En haut, à l'étage, je vivais avec les puissants, écrivant éditoriaux et tribunes. J'adorais discuter avec les attachées de presse, Anne-Sophie et Gwenola, qui étaient saisies des mêmes fous rires que moi. Les autres vivaient dans leur monde. Étonnant contraste.

L'ascension du « boss » fut fulgurante. J'affectionnais la ville d'Amiens, son histoire, ses talents, ses habitants. Sans fausse modestie, je structurais la réflexion du maire-ministre dans la presse, dans les colloques, ce qui excitait les petites jalousies du sérail. Toutes ses réunions étaient préparées par des dizaines de fiches de synthèse. Chaque groupe ou interlocuteur était interrogé par mes soins afin de « faire mouche » dans tous les discours. J'avais établi une base de citations et de chiffres-choc. Les deux premiers mandats de maire de Gilles de Robien furent exaltants et à chaque scrutin l'équipe municipale fut plébiscitée.

Pourtant, le « système Robien » s'emballait. Lors du troisième mandat, tout se grippa. Les femmes de ménage me confiaient leurs humiliations. L'hôtel de ville devint une forteresse gouvernée par une tyrannie des ego. On parlait du « bunker ». Le divorce avec la population était criant, aucune succession ne put être préparée. Mon amie Brigitte Fouré avait maintenu le contact avec les habitants modestes mais la petite cour de l'hôtel de ville n'en voulait pas et orchestra la défaite. Brigitte connaissait mon attachement au sens de la cité. Elle me demanda de présider l'association qui réunissait ses amis. Je ne me suis pas forcé pour dire oui, connaissant sa personnalité charismatique, humble et très professionnelle. « Conseiller du prince », je ne cautionnais pas les méthodes de l'équipe municipale. Par sens de l'honnêteté, je dis un jour à Gilles de Robien qu'il fallait d'urgence passer la main. Trois mois plus tard, il perdait les élections.

Je retiens de cette expérience qu'une mairie ne se pilote pas comme un ministère. Pendant les nuits électorales, pendant les nuits d'émeute, j'étais entré de plain-pied dans le monde de la politique. Premier « administrateur territorial à quatre roues », je ne pouvais pas me taire sur le désert dans lequel vivait le peuple des immobiles, mais aussi les jeunes qui « tenaient la nuit les murs ». Communiqués de presse, programmes électoraux, argumentaires, dépêches AFP, droits de réponse m'avaient appris mon futur métier de sous-préfet.

À la mairie d'Amiens, j'avais rencontré François Léotard, alors ministre de la Défense, pour lui parler de mon *Manifeste des citoyens handicapés*. Il m'écouta attentivement pendant vingt minutes et conclut : « Il faut absolument vous présenter à des élections ! »

Message entendu.

15

Candidat du peuple de l'ombre

Président du jeune CDH (Collectif des démocrates handicapés), je m'étais lancé dans la naissance d'un microparti, aidé par Marc, le papa d'une petite fille autiste. C'était pure folie ! Notre objectif, qui allait rester l'unique mot d'ordre du CDH, était de faire émerger une parole civique sans misérabilisme. Christophe Hondelatte me proposa alors d'être l'invité du journal de 13 heures sur RTL. Ma démarche était inédite et il voulait saisir l'occasion de parler du handicap à l'antenne. C'était un événement pour les personnes handicapées mais aussi et surtout pour moi car, pour la première fois, j'allais parler en direct. Arrivés rue Bayard, Katia m'emmena d'une pièce à l'autre puis on m'installa dans un cagibi vitré. Les chroniqueurs défilaient puis Christophe Ondelatte, bienveillant, m'expliqua que lorsque la lumière rouge s'allumerait, des millions d'auditeurs pourraient m'écouter. Je n'avais plus une goutte de salive. Pendant quinze minutes, je présentai notre initiative. Comme un jeune premier impressionné, je m'accrochais à mes notes.

« Ayez confiance, vous n'en avez pas besoin, j'en suis certain ! » me dit l'animateur.

Les auditeurs appelèrent en masse. Le lendemain, je reçus une trentaine de lettres. On me demandait des conseils en tout genre. L'attente était réelle. Quatre mois plus tard, nous présentions quarante candidats aux municipales sur des listes de droite et de gauche. Écrasés de fatigue et sans aucun moyen financier, nous décidâmes cependant d'oser la course élyséenne de 2002. Les présidentielles, un moment capital où les Français sont amenés à s'exprimer. Parmi les petits candidats qui ne représentent qu'eux-mêmes et quelques stars de la politique qui viennent faire leur petit tour de passe-passe, on ne voyait jamais un seul citoyen handicapé dans ce petit univers : il fallait que ça bouge ! C'était aussi l'occasion d'avoir une tribune.

Pour faire venir les journalistes, nous avons dû mentir sur nos parrainages. Je m'en suis sincèrement excusé par la suite. Erreur de jeunesse que j'ai assumée, car nous étions désespérés de voir combien notre cause n'intéressait personne. Le CDH n'était pas soutenu par les grandes associations de personnes handicapées qui jugeaient notre « parler vrai » suspect. Au total, je reçus en fin de compte l'appui de seize maires. Noël Mamère et Christine Boutin reprirent nos propositions à la suite d'une pleine page parue dans *Le Monde*. Notre courage était insolent : nous n'étions guère plus de trois cents, dont la moitié en Île-de-France et de ce fait les militants, surengagés, ne tenaient pas plus de dix-huit mois à leur poste. Je tiens à rendre hommage à ceux qui nous ont aidés, même si nos chemins se sont séparés ensuite. Il y eut des orages mais ce furent alors nos meilleurs moments. Chaque jour, Philippe, un cadre financier en fauteuil roulant et à l'humour implacable, me dopait par son enthousiasme. On ne saura jamais combien il m'a été difficile de me séparer de certains militants impatients, solitaires, dont je connaissais la valeur humaine mais dont la radicalité devenait un obstacle à notre cause. Je voudrais les remercier pour ce qu'ils sont. Grâce à la fougue que nous partagions, nous entrâmes dans la légende démocratique.

16

Renoncer ?

La révolte responsable des personnes handicapées allait-elle réussir ? De 1986 à 2002, nous étions dans la conceptualisation. Il fallait désormais agir. Nous nous étions engagés à rénover la démocratie mais les mentalités ne semblaient pas prêtes. Réveiller le capital humain, valoriser de nouvelles attitudes citoyennes, prenant à rebours la formule de Cocteau, envisager et non dévisager était notre credo. Comment finirait le CDH ? La vie est-elle un cadeau ou un cadeau empoisonné ? Cette question faisait débat entre nous.

Alors que nous étions immobiles dans nos lits, nous avions le plus grand mal à trouver des kinés qui acceptaient de venir à domicile tôt le matin. Nous n'étions déjà pas « rentables » pour eux mais nous refusions de payer deux séances pour une, même si, devant l'absence de solutions, beaucoup de nos amis avaient fini par s'y résoudre. Sur trente-cinq cabinets de kiné appelés, aucune réponse positive.

Obtenir des aides compétentes était pour tous un combat quotidien. Comme me le rappelait la maman d'Emmanuel, un militant trachéotomisé, une trachéo, ce n'est pas un clou qu'on enfonce. L'ANPE nous envoyait toutes sortes de phénomènes, allant du cariste au chômage, à l'égorgeur de canards en passant par la spécialiste du lavage au Kärcher… Les métiers de l'aide humaine n'existaient pas vraiment. Nous rêvions d'une école où l'on bannirait les « Il a fait dodo, le monsieur ? », où l'on habituerait les professionnels à différencier un accoudoir de droite d'un accoudoir de gauche, où les aides apprendraient à ne pas lire un courrier laissé sur une table et, minimum de savoir-vivre, à quitter leurs bottes mouillées en entrant chez quelqu'un en plein hiver. Nous sommes des êtres humains, et nous avons chacun des habitudes, une sensibilité, une éducation, des codes et des sensations qui nous sont propres. Comment ne pas comprendre que Mireille puisse avoir « craqué », l'autre jour, après le passage de quarante intervenants différents à son domicile ?

L'accès à l'information et surtout aux financements était et reste un vrai parcours du combattant. C'est ainsi que l'on m'a refusé le remboursement d'une télécommande infrarouge de fauteuil roulant à trois mille euros au motif que c'était un « accessoire ». Pour un homme qui n'a qu'un doigt mobile ? C'est un peu comme si on vous livrait votre voiture sans volant. De même, l'administration voulait bien m'aider à financer un équipement élévateur mais uniquement pour un « petit » véhicule, considérant que si j'avais besoin d'une voiture familiale, c'était ma faute... Je dénonçais la lenteur des commissions d'attribution des appareillages qui prenaient deux à six mois pour statuer, les délais invraisemblables de leur attribution, de leur maintenance et de leurs réparations qui contraignent certaines personnes à mobilité réduite à une immobilisation forcée, parfois plus d'un an.

Il s'agissait de « tenir ». Comme l'écrit si bien Philippe Vigand, atteint d'un *locked-in syndrom*, la pose des draps est une guerre de stratégie et ressemble à la préparation d'une Ferrari à son stand. Après cette étape, vient celle de l'installation des attelles de nuit. Sans elles, mes jambes, qui sont pliées toute la journée, me feraient trop souffrir. Je dois enfin protéger mes mains en les emmitouflant dans un linge. À peine endormi, une fois par semaine, c'est la panique à bord. L'alarme de mon appareil respiratoire hurle dans la chambre : la batterie n'est pas chargée. Parfois, le tube est inondé à cause de l'humidité de la pièce, menaçant de noyade mes poumons. Certaines nuits, ce sont les os de mon bassin qui me réveillent : un pli du pyjama s'est transformé en lame de rasoir. Cette existence est éprouvante mais, comme le chante Alain Souchon, rien ne vaut la vie !

Nous rêvions tous d'un État protecteur, sanctionneur, animateur, régulateur… mais qui nous écouterait ? Notre expertise de la vie humaine devait bien avoir un sens ! C'est là que je commençais me dire que je devais faire partie du système pour m'y faire entendre. On n'est pas crédible si l'on adopte toujours la posture du râleur, du quémandeur. Mais pour pousser la porte des palais, il faut intégrer l'administrativement correct, penser l'État. Avant d'aborder mes aventures ministérielles, revenons au B-A-BA. Il faut d'abord bien se vêtir, ce qui nous mène à la séance d'habillage… Un nouvel exercice de haute voltige pendant lequel je dois veiller au difficile réglage du pantalon, dont la précision m'évitera d'être inondé ou douloureusement meurtri. Un corset en plastique maintient mon dos, mais le moindre pli risque de mener à la catastrophe. Tout cela se fait en apnée : mon appareil respiratoire est débranché et je ne peux pas parler, mes cordes vocales ne recevant plus d'air. Des vêtements sur mesure permettent au corset d'entrer dans le pantalon, des chemises suffisamment amples accueillent le tuyau de la trachéotomie. Rassurez-vous, je termine toujours avec cette petite touche esthétique et un foulard de couleur. « Il faut être nickel », comme disait mon père !

17

Le coup de pied des sénatoriales

Une fois présentable esthétiquement, j'avais décidé d'être présentable politiquement.

Mon propos, en tant que candidat aux sénatoriales, s'enracinait dans notre expérience de combat permanent pour vivre. À tout moment, une interruption de l'arrivée d'air pouvait nous laisser sans vie. Les insuffisants respiratoires évoluent sur le fil du rasoir. Le cimetière est à deux pas. Cela avait failli m'arriver un jour, en consultation à l'hôpital de Garches. Les ambulanciers m'avaient mis dans le couloir le temps de régler les démarches administratives, sans oxygène. Je n'ai dû mon salut qu'à une infirmière qui passait par là.

Quand votre vie dépend d'une boîte en plastique, vous n'avez pas grand-chose à perdre, et tout à tenter. Il fallait oser se lancer. Philippe, Cécile et Dominique, le trio infernal du CDH, étaient remontés à bloc. Devant sa bouche de métro, Philippe distribuait des tracts sur son fauteuil. Les présidentielles supposaient un investissement financier important, nous tentâmes donc les sénatoriales qui ne coûtent que les photocopies des professions de foi et des bulletins de vote. Il s'agit d'un scrutin de notables où l'on parle plus de réseaux d'amis que d'idées. À celui de 2004, dix mille grands électeurs de quatre départements avaient été contactés par nos vingt et un candidats estampillés CDH.

Notre campagne me fit mettre le doigt sur des comportements politiques indécents. Dans la Somme, j'avais décidé de me présenter avec comme suppléante Marie-Michèle, une enseignante en fauteuil. La salle du vote était noire de monde. Les élus se congratulaient bruyamment. Tout coup, un homme du service élections de la Préfecture prit la parole et demanda aux seuls candidats de rester dans la pièce. Un élu du département, député de surcroît, donna un coup de pied dans la roue arrière de mon fauteuil pour m'envoyer dans le couloir. Par ce geste ignoble, il méprisait mon fauteuil autant que ma candidature. J'aurais pu l'interpeller et le traiter de tous les noms, mais j'étais trop occupé par ce qui allait suivre : le dépouillement. Je reçus les suffrages de cinquante-six grands électeurs, soit plus que le candidat vert et le candidat FN réunis. 3,3 % des suffrages, cela peut paraître modeste mais nous pouvions influer sur le deuxième tour et nos résultats furent donc remarqués.

Mon programme était centré autour d'une idée simple. Je voulais que l'on reconnaisse les personnes handicapées comme acteurs de leur vie, et donc citoyens à part entière.

« Je suis communiste et j'ai compris qui vous étiez ! Vous avez raison », me dit l'un d'eux.

« Continuez, on vous suit », confirma un élu UMP.

« Il faut bousculer les habitudes », ajouta un centriste.

Outre le « coup de pied », il s'était passé quelque chose d'insensé. C'était au-delà de l'émotion. C'était culturel.

Et la culture est certainement l'un des vecteurs de cette reconnaissance. Je souhaite que les maisons de la culture s'engagent dans la production d'artistes handicapés (danse, musique, sculpture, écriture) et facilitent l'accès des personnes handicapées sensorielles à des œuvres cinématographiques. La difficulté principale, pour les artistes de la différence, est de prouver qu'ils ne sont pas des mendiants, des voleurs ou des profiteurs en constituant d'épais dossiers de demande de subventions : aménagement du véhicule, acquisition de télécommandes sophistiquées, renouvellement du matériel usagé… Les montagnes de justificatifs à actualiser régulièrement s'accumulent. Chaque cofinanceur attend la réponse du voisin. Je connais une chorégraphe du Gard qui danse avec de jeunes artistes trisomiques. Lorsqu'elle se produit dans la rue, elle appelle cela un « crash-test ». Tout est incertain.

Nous sommes des catacombistes, habitués aux démarches administratives incessantes. Les formalités contraignantes de renouvellement de dossier devraient être réduites au strict minimum. La longueur des procédures cache beaucoup de mauvaise volonté. Si seulement j'étais milliardaire ! Je pourrais m'offrir ce luxe de me dispenser de ces commissions où il faut prouver que le handicap est vraiment un handicap ! On ne peut qu'être en colère face à des demandes dignes du KGB. N'auriez-vous pas le sentiment qu'on piétine votre vie privée si vous deviez fournir vos factures de téléphone des douze derniers mois, tronçonner votre vie en douzièmes, et pour certains justifier de l'utilité d'une douche ! ? Et en général, on répond à mes demandes de financement que je suis cadre et que je n'ai pas vraiment besoin des aides publiques. Scandale d'une société d'assistanat aveugle, qui considère qu'une personne handicapée capable de travailler peut en fin de compte se débrouiller toute seule, sans les allocations auxquelles elle a droit, et payer les impôts !

Je me suis rendu pendant dix-huit années au bureau, avec sérieu et passion, ne lésinant pas sur les heures supplémentaires, rapportant au besoin du travail à la maison. Une personne handicapée doit prouver qu'on a eu raison de l'embaucher, qu'elle n'est pas lente ou asociable, dépasser la peur des collègues, sans misérabilisme, obtenir l'installation du matériel approprié. Installer mon matériel d'assistance respiratoire au bureau fut difficile. L'humour de deux de mes collègues m'a beaucoup aidé. La présence joyeuse de mes enfants a certainement aussi contribué à ce que je garde ma bonne humeur et à ne pas me replier sur moi-même. J'aime pouvoir aller chercher mes enfants à l'école, grâce à des transports adaptés. Par contre, si l'école a des marches, cela devient moins simple. Un jour de rendez-vous avec la maîtresse, je restai ainsi sur le trottoir pendant vingt minutes, sous une pluie battante. Heureusement, la maîtresse m'a accueilli avec un grand sourire.

L'humanité se télescope avec la pesanteur anonyme et indifférente des administrations. Conseiller en communication, j'ai appris les ressorts du management des hommes : nul ne peut seul modifier le cours de l'histoire, mais la modeste pierre que chacun y apporte est plus déterminante que l'ambition et le sentiment de puissance d'élus qui bouleversent l'urbanisme mais méprisent publiquement leurs agents. Leur action ne fait pas illusion. Nous sommes à l'époque de la démocratie participative, nous faisons tous partie d'une chaîne humaine et le gaspillage des talents est un véritable désastre. Je suis peut-être un idéaliste ou un utopiste mais je suis convaincu que l'action publique passe par la vertu et l'honneur de chacun. Jean-Louis, un ami radical-socialiste de choc, s'est alors proposé pour être, bénévolement, une sorte de chef de cabinet. Sorti d'un coma, il sait la valeur de la vie. Nous avons décidé ensemble de servir le bien commun.

18

Presque mort

2005, la mort de mes poumons s'accélèra, s'accompagnant d'une asphyxie progressive. Ce déclin de mes forces vitales me priva de la capacité d'écrire au stylo. Refusant l'inéluctable pendant six mois, j'ai espéré tenir. Puis, un matin de septembre 2005, la tête posée sur un « billot », sinistre terme employé à Garches, mon cou fut transpercé sous anesthésie locale pour que je continue à vivre. Dans la salle de réanimation, par défi, je demandai du rosé pour boire à la santé de la vie, même si mon voisin de chambre était mort dans la nuit. On me l'accorda. J'ai lutté pendant deux mois, inquiet pour ma famille, mes amis et le CDH.

Celui-ci avait reçu près de deux cents fois les honneurs de la presse, été auditionné dans les commissions parlementaires, notamment sur le thème jusqu'alors tabou de la maltraitance, pris part à des colloques, des conférences. Nous avions torpillé la tentative de Bercy de récupérer sur succession les aides versées aux personnes handicapées, envoyé de véritables graines de cactus aux députés trop tièdes sur le sujet du handicap, ouvert pour la première fois le débat sur la représentativité. Le fauteuil électrique du président du « moins tiède » des mouvements handicapistes avait roulé deux fois sur le tapis rouge de l'Élysée, avant et après le vote de la loi de 2005.

L'impulsion avait été donnée par Cécile, maman d'un adolescent handicapé mental. Cette femme à la grande beauté intérieure se lança en snipper aux élections régionales à la tête de quarante-trois personnes handicapées. Avec ses 2 % de voix âprement négociées entre Jean-Paul Huchon et Jean-François Copé, Cécile avait obtenu au nom du CDH la création d'un Conseil régional consultatif des citoyens handicapés, ou CRCCH, doté d'un budget de six cent mille euros.

Il fallait aller plus loin et, en mai 2006, un petit groupe de militants handicapés de la Coordination handicap et autonomie et du CDH se retrouvèrent sur le trottoir de l'Élysée. Épuisés par des mois de combat, nous nous étions donné pour consigne de nous allonger au milieu de la rue si aucune de nos revendications n'était prise en compte. Un CRS s'avança vers nous et nous interrogea sur la raison de notre présence. Deux minutes plus tard, le chef du protocole discutait avec notre délégation : il allait nous faire entrer dans la cour de l'Élysée. L'image du chef de l'État était en jeu. Une rampe fut spécialement aménagée pour nous recevoir. Goguenarde, la garde républicaine suivit des yeux cet étrange défilé de fauteuils roulants. Nous nous retrouvâmes dans une salle dorée, face à une grande baie vitrée qui s'ouvrait sur le parc du palais présidentiel. La solennité de l'immense drapeau tricolore, la mémoire des combats pour l'égalité dont il était porteur nous inspirèrent : nous en étions les héritiers et nous enlevâmes dans un geste de défi les foulards qui masquaient nos trachéotomies.

La conseillère de l'Élysée nous assura que « nous étions compris » par le président de la République, qui était cependant très occupé et qui ne pourrait nous rejoindre. La discussion porta essentiellement sur la mauvaise rédaction du décret sur les aides humaines qui nous interdisait de passer de douze heures d'aide à vingt-quatre et sur l'importance de créer une instance de recours. Nous lui exprimions notre ras-le-bol que le handicap soit toujours géré dans l'urgence. Selon elle, des instructions avaient été données au ministère de la Santé pour changer la donne. La réunion terminée, nous ressortîmes du Palais. Une soixantaine de personnes handicapées nous applaudit avant même de connaître les résultats de l'entrevue. La joie l'emportait dans ce petit monde d'exilés de la République.

Une heure après, nous étions au ministère de la Santé. Dans une salle feutrée, le directeur de cabinet du ministre nous reçut. Déception, le ministre était en déplacement. La discussion fut vive. La rédaction du décret était plus compliquée que nous le pensions. Tout d'abord, il ne fallait pas fâcher le Conseil national consultatif des personnes handicapées (CNCPH) et les « grandes associations ». Le décret ne concernait que les situations exceptionnelles, c'est-à-dire celles des personnes ayant besoin de soins quasi constants. Aberration très vite dénoncée : nous avions droit à une vie sociale et pas seulement à des soins, à une vie et pas seulement à une survie. L'autre sujet abordé visait la création d'une instance représentative. Nous exigions la présence de personnes touchées par le handicap au sein des Commissions des droits et de l'autonomie des personnes handicapées (CDAPH). Le tour de table n'en finissait pas, chacun vidant son sac. Une femme infirme moteur cérébral (IMC) cria devant le directeur de cabinet éberlué qu'elle ne pouvait tronçonner sa vie quand on lui demandait des justificatifs mensuels. Un père expliqua qu'à la mort de sa fille, il avait dû payer vingt-cinq mille euros pour mettre fin au contrat des aidants. Un vieux monsieur dit que d'une année à l'autre, il avait perdu trois mille euros en payant ses auxiliaires de vie à cause de la non-indexation de la prestation de compensation du handicap (PCH) au Smic. La réunion fut surréaliste. D'un côté, les « spécialistes officiels » qui n'y connaissaient rien. De l'autre, le peuple des estropiés qui savait tout.

19

Liberté, égalité, handicapés

La création du premier Conseil régional consultatif des citoyens handicapés en Île-de-France avait donc été un coup de tonnerre en 2005. Huit mille inscrits sur les listes, mille candidats, du jamais-vu ! La pression politique commença à pousser les élus à changer de stratégie mais notre victoire cachait mal l'épuisement des militants. Parents, frères, enfants de personnes handicapées, nous restions un groupe d'exilés dans notre propre pays. Avec nos 1 à 3 % des voix, on nous faisait comprendre que nous dérangions. Tout le monde s'accordait sur la nécessité de promouvoir la citoyenneté chez les handicapés mais notre audace faisait peur. Nos interlocuteurs savaient qu'il faudrait accepter des rythmes différents dans la vie active, mieux coordonner les intervenants. Tout cela risquait de coûter cher. Le cri de la mère d'un enfant handicapé, qui s'était retrouvée devant les portes closes de l'Assemblée nationale lors d'une manifestation, me hante encore. Épuisée, elle avait sorti son bâton de rouge à lèvres pour écrire sur la porte de l'Assemblée toute sa détresse. Un policier était venu la sommer d'effacer ces traces sous peine d'être verbalisée. Est-ce cela, notre démocratie, des élus barricadés et une société incapable d'écouter ?

« Pourquoi les entreprises n'achèteraient-elles pas le droit de ne pas embaucher de femmes, après tout ? C'est bien le cas avec nous, handicapés ! » s'interrogeait Dominique.

C'est pourtant vrai, accepterait-on qu'une entreprise fasse un versement à État pour éviter les vieux, les femmes ou les immigrés ? L'injustice quelle qu'elle soit heurtait ma foi.

« Dieu se manifeste à ceux qui se confient à lui » dit le Livre de la Sagesse. Je n'ai pas parlé de mon ordination de plus jeune diacre permanent de France. Cette posture est volontaire. Ce sera l'objet d'un témoignage choisi qui mérite plus de temps. Catholique pratiquant, j'avais toujours été soutenu par mon ami Fernand, un aumônier d'hôpital iconoclaste, qui passait des heures au pied du lit d'un adulte autiste. Que disaient les « cathos » en politique ? J'avais surtout rencontré des femmes, très militantes, comme Marie-Hélène Mathieu et Christine Boutin. Cette dernière me connaissait bien, même si je ne partageais déjà pas toujours ses choix. Femme de caractère, elle avait le mérite de ne pas être tiède. Ministre de la Ville, elle avait eu l'audace d'inviter des personnes handicapées mentales à une garden-party. L'une d'entre elles avait fait éclater de rire les membres de son cabinet en venant lui dire : « Merci de votre invitation, madame Royal ! »

Les catholiques eurent la capacité de lancer un vrai débat de société sur le handicap. La mort médiatisée de Chantal Sébire, au visage cruellement défiguré, avait posé la question de la fin de vie des personnes incurables. Le débat sur l'euthanasie faisait déjà la une de l'actualité et suscitait chez tous un certain malaise. En effet, pleins de compassion pour la souffrance, nous nous sentions presque obligés de trouver légitime une demande motivée de suicide assisté. La notion de dignité était au cœur de notre réflexion. Autant la souffrance doit être combattue – et Chantal Sébire a refusé de prendre ses calmants –, autant nous devions nous mobiliser pour souligner l'immense grandeur de l'homme. La personne dépendante, lourdement handicapée, fragilisée mentalement ou physiquement, reste un citoyen. Il est de notre responsabilité d'écouter, de créer des espaces de parole et de compassion sans pour autant faire sortir par la petite porte les plus vulnérables. On entend trop souvent des paroles de mépris pour les personnes âgées, traitées de « légumes » dans des mouroirs que nous leur avons construits. Chantal Sébire est morte sans doute trop seule mais, lorsqu'une mère supprime son enfant polyhandicapé ou qu'un malade demande la mort, n'est-ce pas notre société qui est coupable ?

Je reste néanmoins optimiste car, pour parodier le film *Jurassic Park*, « la vie trouve toujours son chemin ». Lorsqu'en décembre 2002, Vincent Humbert, polyhandicapé, a demandé « la grâce de mourir », on lui a proposé une série d'aides pour réorienter son choix et « reprendre goût à la vie ». Sa détresse en a décidé autrement. Pourtant l'affaire Vincent Humbert véhicule inconsciemment une imposture, comme si la majorité des polyhandicapés préféraient la mort aux aides qu'on leur propose.

C'est ma rencontre sur internet en 2000 avec Patrice qui me l'a fait comprendre. Patrice, alité à vie, était un rayon de soleil, un homme plein de grandeur, même si sa taille ne le montrait pas. Seul son index droit bougeait. Il était bon et juste, parlait de l'amour nécessaire, absorbait chaque émotion, pressentait l'importance des êtres. Sur son lit de souffrance, Patrice était serviteur de l'amour et de la fraternité. Il n'avait jamais pu marcher et avait vite compris que sa vie serait différente de celle des autres. Avec joie, il avait accepté de vivre une aventure pleine de bruit et de fureur. « J'ai de la chance ! » disait-il avec malice à ceux qui le regardaient catastrophés. Oui, Patrice se disait chanceux. Il ne jugeait pas pour autant ceux qui, valides, couraient à longueur de journée, esclaves de leur petit agenda, et préférait sa vie, les petites accélérations de son fauteuil qui faisaient brinquebaler sa tête sans faire disparaître son sourire. Le rire fusait dans nos rencontres entrecoupées de quintes de toux. Tout ce que d'autres pouvaient vivre comme des combats était jeu pour lui : les sponsors, la politique, les Maisons départementales des personnes handicapées (MDPH), le voisinage… Certes, il attendait les visites et lorsque quelqu'un venait, c'était une vraie fête, il accueillait toujours. Patrice souffrait pourtant l'enfer. Angoisse, terreur de s'étouffer, douleurs infernales aux dents, cage thoracique écrasée, intestins blessés, crampes, suffocations… Ceux qui l'ont aimé ont deviné ce qui se passait dans cette chambre où un bout de ficelle soulageait un membre, un coussin un autre… Je dis « deviné » car, au lieu de trouver un homme humilié et révolté, qui se serait lancé dans l'énumération de ses griefs et de ses peines, ils trouvaient un sourire sincère, vrai et une grande pureté de cœur. Sa faiblesse devenait une force communicative. Il semblait indestructible, le conseiller municipal de Ficheux, car son naufrage était un soleil, si bien que c'était lui le capitaine, et les autres les matelots. Mais où allait-il le bateau de Patrice ? Ce qui lui importait le plus, c'était d'être heureux avec les autres, avec sa famille mais surtout sa famille élargie, cette galaxie qu'il rejoignait tard le soir grâce à Internet. Paroles d'encouragement, clins d'œil bienveillants, nous en avons tous bénéficié. Ces périodes d'échanges avec chacun étaient entrecoupées de silences : c'était un début de grippe, d'atroces otites, de terribles difficultés manger, des combats silencieux qui nous laissaient abasourdis et dans l'attente de la remontée de notre ami apnéiste. Il remontait toujours.

Patrice m'a appris de grandes choses : ne pas faire de la solitude un échec mais un rendez-vous avec la quiétude du présent. Chercher des solutions avec une énergie déconcertante. Ne jamais se décourager. Il savait son opération inéluctable. Tous ceux qui sont passés devant ses fenêtres sans le visiter, ceux-là n'ont pas eu sa chance. Son vouloir-vivre était intact et ses souffrances extrêmes. « Je n'ai pas une seconde de répit, je souffre tout le temps », murmurait-il. Sa vie a pris fin en 2009. Être handicapé était pour lui une aventure insolite dans un monde marqué par une pseudo-normalité mensongère. J'ai célébré en aube de diacre ses obsèques dans une petite église bondée.

Comme Patrice, je n'ai pas vocation à incarner une figure symbolique du malheur humain. J'aime la vie, terme assez vague j'en conviens, celle où rien n'est jamais achevé, où tout est toujours possible, où l'homme peut se révéler génie du bonheur. La découverte d'un univers autre, la rencontre de familles éprouvées, de citoyens réfléchis et profondément humains m'ont donné la certitude que le handicap peut apporter beaucoup à la France. Notre pays n'a pas à supprimer les personnes handicapées avant leur naissance, pas plus qu'il ne doit encourager l'exil des enfants différents en Belgique, leur interdire l'accès à l'école, les priver de centres de soins. Vincent Humbert n'a pas voulu vivre à cause de son handicap et je le respecte, mais des millions de personnes handicapées veulent vivre, comme Patrice.

20

La révolte

2006 : on m'apprend par téléphone mon exclusion du service de soins à domicile. « Vous êtes devenu un malade trop lourd à cause de l'allongement des soins ! » Me jeter ainsi en quinze jours, c'était de l'euthanasie passive ! Comment ma femme ferait-elle pour assurer toute seule mes soins ? Un médecin de papier m'avait ainsi « viré » sans être jamais venu me voir, sans dialogue, sans un regard ! J'appelai la presse locale et portai plainte devant le conseil de l'ordre des médecins, sans illusions car à mon sens cette institution protège avant tout les siens. On m'a répondu qu'un médecin coordinateur n'avait pas l'obligation de visiter ses patients comme un médecin traitant ! Est-ce une réponse suffisante ?

L'institution de soins à domicile était conçue sur le mode asilaire, la maison du patient était le prolongement de la chambre d'hôpital et la vie du patient devait être « sous contrôle ». La direction envoyait une aide ménagère, véritable agent de renseignements, en doublon des aides soignantes. Le patient désireux d'adapter la fréquence, le type de soins voire le choix des soignants était hors circuit. En fait, il valait mieux ne rien dire. La discipline imposée au malade interdisait toute fantaisie. Interdiction de dormir le matin au-delà de 9 heures, interdiction de prendre un bain plus de dix minutes, etc. Les aides-soignantes que j'aimais bien étaient immédiatement envoyées dans un autre secteur. Les humiliations étaient permanentes : on m'habillait en me lavant « pour gagner du temps »... Un médecin d'Hospitalisation à domicile (HAD) avait interdit qu'on me laisse plus de cinq minutes aux toilettes « car les filles avaient huit malades après moi ». Un jour, j'appris qu'une aide-soignante avait plongé une petite fille dans un bain brûlant. Je compris ce qu'était la maltraitance institutionnelle. Je commençai par créer une association de défense des malades. Plus tard, en tant que sous-préfet, je pris à bras-le-corps le dossier de la dépendance. La personne dépendante entre dans une mécanique institutionnelle qui la déshumanise. Et qu'elle ne s'avise pas de faire preuve d'esprit critique ! Mieux vaut être un objet passif réduit à ses besoins primaires...

Les handicapés font l'objet d'un véritable rejet. Certes, on nous donne quelques allocations, quelques foyers, quelques emplois ou quelques WC adaptés mais on nous refuse l'essentiel : la participation à la vie de la communauté, le droit d'organiser notre vie… Combien de personnes handicapées dans les CDAPH ? Combien d'élus handicapés ? Des outils, des solutions ergonomiques, des téléthons sont certes importants, mais moins que la reconnaissance de la richesse de notre apport au reste de la cité. Il n'y a pas de fraternité sans réciprocité, sans enrichissement mutuel et le vouloir-vivre-ensemble est insuffisant.

Faut-il se contenter de ces associations caritatives qui drainent une bienfaisance polie ou oserons-nous faire sauter les verrous de la peur et de l'isolement ? Les mères de famille se démèneront-elles toujours, dans l'indifférence générale, pour pousser le petit fauteuil roulant, les aveugles devront-ils toujours se contenter de ces feux qu'on a négligé de rendre sonores, les IMC cesseront-ils un jour d'être pris pour des fous, les sourds seront-ils toujours les seuls à pratiquer la langue des signes ? Notre belle démocratie ne peut-elle pas être plus fraternelle ? Certains expliquent que « tant qu'on ne vit pas le handicap, on ne se rend pas compte ». Certes, il est vrai que l'on ne s'improvise pas architecte, animateur, traducteur, mais est-ce une raison suffisante pour continuer à laisser périr de solitude les adolescents handicapés dans des centres ?

Va-t-on longtemps laisser les familles désemparées se faire insulter par les détracteurs du Téléthon ?

La solution la plus républicaine est la plus humaine, celle qui fait respecter les lois. Les sit-in sur les trottoirs des ministères ne suffisaient pas pour que sortent les décrets d'application. Les cortèges de manifestants handicapés passent inaperçus : car nous ne sommes ni aiguilleurs du ciel ni conducteurs de rames du métro, mais tout juste perçus comme des râleurs, des quêteurs d'allocs ou de gentils inutiles. Le choc symbolique qui consiste à se présenter à des élections est nécessaire mais est-il suffisant ? Recueillir quelques pourcents des suffrages interpelle parfois les médias sans pour autant ébranler la République. Il ne reste donc qu'une solution : devenir des techniciens, des membres de cabinet, des hauts fonctionnaires, bosseurs et efficaces, pour prendre les commandes.

21

De nouveau candidat

Malgré mon calvaire médical, j'annonçai ma deuxième candidature à l'Élysée pour les présidentielles de 2007. Un staff de campagne de trente personnes se mit en place. Même si je vivais dans les marécages, cerné de crevasses, j'avais la conviction que notre voix porterait plus loin qu'en 2002. « Tu nous aides à un point que tu ne peux imaginer ! » me dit en souriant Edwin, papa d'une jeune fille handicapée, en mettant sa main sur mon épaule.

Les nouvelles avancées en sciences sociales, en ergothérapie, en médecine de rééducation, en urbanisme et en architecture, méritaient d'être prises en compte. Grâce à la mobilisation de nos quatre cents militants, d'une quinzaine de représentants départementaux et de cinq secrétaires régionaux, sans aucune subvention publique, avec un budget de dix mille euros, un bénévolat sursollicité, nous allions faire entendre une autre voix, manifester, diffuser articles, tracts, communiqués, reportages, interviews, courriers, conférences dans un espace public qui ne nous attendait pas ! Je crois en une vie meilleure dans l'au-delà mais je veux aussi le bonheur sur terre. Grâce aux claviers brailles pour les aveugles, aux commandes vocales pour les handicapés moteurs et aux claviers classiques pour les sourds, des personnes handicapées isolées dans la prison de l'indifférence commençaient à communiquer, à vivre. L'histoire du handicap, celle de la reconnaissance de l'altérité comme richesse et non comme malédiction, prenait un nouveau tournant.

Malgré la loi de 2005, les ministres avaient administré le dossier des citoyens handicapés entre inachèvement et improvisation. Les citoyens handicapés eux-mêmes, trop longtemps mis sous tutelle, ne réagissaient pas. Le projet de loi pénalisant les propos homophobes et sexistes, et assimilant l'homophobie au racisme, présenté en conseil des ministres par Dominique Perben, garde des Sceaux, avait occulté la handiphobie. Le plan de cohésion sociale présenté par Jean-Louis Borloo avait répertorié les différentes populations « désintégrées » sans mentionner une seule fois les personnes handicapées.

« Tu es le seul militant handicapé crédible ! me disait Philippe. Les autres émargent dans les grandes associations.

– L'histoire est avec nous, répétait Patrice. Ces milliers d'enfants handicapés exilés en Belgique constituent une tache sur notre drapeau national. Il y a des personnes handicapées qui dorment en position assise la nuit, sans aide !

– Claude a fait une grève de la faim pour qu'on arrête de le mettre au lit à 17 heures faute de personnel, ajouta Cécile. Il est temps de demander à tous les responsables publics de notre pays, et au gouvernement en premier, de faire participer les citoyens handicapés à leur propre destin ! »

Malgré la création d'un droit à la compensation, la loi comportait d'importantes béances qui continuaient à exclure de nombreuses personnes de la vie sociale. Il ne s'agissait pas de modifier les comportements de notre société pour que les citoyens handicapés ne restent pas des éternels oubliés, pour qui la devise égalitaire de la République est trop souvent un rêve inaccessible, alors même qu'ils pourraient être les symboles vivants de la solidarité. Le handicap ne place-t-il pas au cœur de notre condition d'hommes l'exigence que nous soulagions ceux qui sont accablés ? Une autre gouvernance du handicap, dans le cadre d'un vrai projet de société, est possible si les sommes attribuées ne sont plus dispensées au compte-gouttes.

Les médias vinrent m'interroger sur ma candidature. Mon refrain était toujours le même :

« Il manque encore des mesures massives d'accessibilité des villes, un discours national de lutte contre les discriminations. L'enjeu est considérable. Nous voulons des garanties budgétaires, année après année, une loi de programmation quinquennale comme il en existe pour les militaires. La volonté de fédérer tous les outils dans les maisons du handicap n'a de sens que si les citoyens handicapés élisent leurs représentants. Il ne s'agit pas seulement d'évaluer les besoins de la personne handicapée mais de l'associer à la gestion des Maisons départementales. Les salariés accepteraient-ils des délégués syndicaux nommés ? »

Trente-huit maires m'apportèrent leur soutien officiel et envoyèrent leur parrainage au Conseil constitutionnel.

22

À l'Éducation nationale

Délégué ministériel chargé du handicap au sein du ministère de l'Éducation, j'eus une secrétaire, mais aucun budget. Mon petit bureau de la rue Auber intrigua. Une personne handicapée gagnant sa vie et élevant quatre enfants suscite la curiosité. En devenant le premier administrateur civil tétraplégique de ce pays, j'avais pris conscience de l'importance d'expliquer, de rassurer, de témoigner. Gilbert Montagné et Patrick Segal m'interrogèrent.

« Chut ! Écoutez ! s'exclama Gilbert.

– Quoi donc ? répondit Patrick Segal.

– On dirait une tourterelle… »

La tourterelle, c'était moi, ou plutôt mon appareil respiratoire.

« Tu arrives à faire quoi, au Mammouth ?

– Répondre aux mamans et aux profs affolés, expliquer pourquoi le vocabulaire de la "prise en charge" doit être supprimé, quels sont les outils qui ont été inventés pour suppléer à nos manques et permettre que les talents de chacun soient mis en valeur. Tu n'imaginerais pas la dernière affaire que je viens de régler. C'était fou. Une étudiante aveugle veut passer sa licence de grec ancien : on a mis trois semaines à trouver un type qui sache traduire du grec ancien en braille. Et tu sais la meilleure ? L'étudiante nous a écrit pour nous remercier et nous dire qu'il y avait quelques fautes dans le sujet ! »

Gilbert et Patrick rient à l'unisson.

« Aujourd'hui, les étudiants handicapés bénéficient d'aménagements au niveau des emplois du temps – horaires, temps de pause, temps de soins, déjeuner – et des examens – temps majoré, secrétariat. Des postes sont équipés de logiciels de reconnaissance vocale, de scanners et d'une imprimante en braille. Des accompagnants sont présents en bibliothèque, une instructrice en locomotion, un tutorat pédagogique, des plans de compensation, des bourses de mobilité complètent le dispositif.

– Et ton bilan ? me demanda Gilbert.

– Modeste, si l'on regarde tout ce qu'il reste à faire. Convention du Fonds pour l'insertion des personnes handicapées dans la fonction publique (FIPHFP), accueil d'agents handicapés mentaux, groupes de travail avec les grandes écoles. En 2007, il y avait vingt élèves en situation de handicap à Sciences-Po… et soixante-quatorze en 2009. La nouveauté est la présence d'élèves lourdement handicapés, notamment des élèves myopathes avec un accompagnement personnalisé. Je suis optimiste. La personne handicapée est une puissance de vie qui apporte un témoignage unique. Ceux qui prônent l'eugénisme, la ségrégation ou l'euthanasie croient que l'homme est une jachère à maîtriser. Leur malthusianisme à la petite semaine, est hélas parfois nourri de bons sentiments. Pourtant, ils ne vont pas dans le sens de l'histoire. Le génie de l'homme vient de sa capacité à accueillir la différence. En vivant avec une trachéo plutôt qu'au cimetière, je poursuis à ma mesure l'œuvre de l'humanité.

– On est avec toi, Jean-Christophe… » dit Gilbert en penchant sa tête en arrière.

23

Premier rendez-vous élyséen

Mi-2007, dans un petit salon de l'Élysée un majordome embarrassé se rend compte qu'il n'a pas de paille à proposer avec mon verre de jus d'orange… Claude Guéant a souhaité me rencontrer. Pour moi c'est évident, l'État n'a d'avenir que s'il incarne la diversité et l'intérêt général. Oui, servir l'État, c'est un art de penser pour le bien de tous. Idéalisme dépassé ? Non. Il faut simplement changer l'image du handicap. Aux présidentielles, j'avais envoyé nos deux cent cinquante propositions aux trois « grands » Ségo, Sarko et Bayrou.

Claude Guéant me demande si j'ai imaginé un jour présider le FIPHFP, le fonds qui gère l'insertion du handicap dans la fonction publique. Je suis administrateur civil. Certes, mon action à l'Éducation nationale en faveur de la reconnaissance de la personne handicapée a fait du bruit. Spontanément, je réponds que le statut du handicapé dans la fonction publique dépendra d'abord de la distinction que l'on fera entre le malade et le statut de handicapé. Pour moi, le handicap est un état, un statut propre et non une situation dégradée. Mon histoire de militant perturbe cependant. L'Élysée m'appréciait mais le FIPHFP préférait un candidat « sans programme », de son propre aveu. Je ne regrette pas ce choix car je n'aime pas l'injustice. Or le directeur – valide – du FIPH gagne 14000 euros par mois tandis que son président – handicapé – est bénévole. La modernité est pour moi dans l'égalité. Pourquoi le handicapé doit-il toujours être dans le rôle du bénévole ?

Je ne cherche pas une vie d'homme valide, comme ces femmes métisses qui voulaient jadis se blanchir la peau, mais notre expertise doit être estimée à sa juste valeur. Devrions-nous, tels des boucs émissaires, considérer que notre handicap incarne le poids des péchés de l'histoire des hommes, et accepter docilement cette malédiction, être reconnaissants pour les rôles de figuration dont on nous fait l'aumône ? Je ne veux pas me cacher. Ce serait donner raison à la femme qui, lorsque j'étais enfant, s'adressa dans un magasin à ma mère : « Vous ne devriez pas le sortir ! » C'est un fait : je ne peux marcher, manger, uriner, travailler sans aide. Mon image dérange. Et alors ? Cela n'a pas empêché mon ami Hervé, ancien directeur d'école, de communiquer avec moi dans une rencontre « en toute simplicité ».

La question du handicap nous fait revenir aux fondements de notre vie de mammifères. Les hommes ont tendance à sublimer ou à masquer, pudeur ou arrogance, leurs besoins primaires : se remplir et se vider, se salir et se laver, se gratter, pleurer… Inutile de vouloir les éviter, il faut pourtant les accepter. Nous, handicapés, devons rendre publics, sans honte aucune, ces besoins, cette longue chaîne d'événements qui du lever au coucher nous rendent vulnérables à chaque instant. C'est ainsi. Il suffit que le tuyau de ma trachéotomie se décroche et je rejoindrai tout de suite le pays des coquelicots. Cette fragilité de mon être m'a donné un autre regard sur la vie. Je n'aurai jamais assez de jours pour entreprendre tous mes projets. Ce que je fais n'est qu'une goutte d'eau dans l'océan, mais je sais que l'océan a besoin de chaque goutte.

24

Pourquoi pas sous-préfet ?

Je repars à l'assaut. Pourquoi ne pas devenir sous-préfet ? Claude Guéant a accepté de me recevoir une nouvelle fois, encouragé par Xavier Bertrand. Il m'interroge :

« Pensez-vous pouvoir tenir un tel poste ?

– Non seulement je le pense mais j'en ai la conviction !

– Votre CV est sans faute…

– Je suis prêt.

– Nous aussi, à vrai dire vous nous épatez… »

Xavier Bertrand me rappelle au téléphone : « Tu le mérites ! »

En quittant le « château », j'étais enfin un fonctionnaire reconnu. Rien ne me distinguait plus du reste des serviteurs de l'État sinon quelques difficultés de mobilité et mon regard aiguisé sur les phénomènes de rejet. Le fait d'être différent m'avait finalement aidé. Et une fois dans la place, à moi de défendre la civilisation des télécommandes et des ascenseurs. La différence au quotidien m'avait appris une attitude de solidarité systématique. Lorsqu'un cinéma ou un musée est inaccessible, lorsqu'une cabine téléphonique ou un magasin me sont interdits, j'ai toujours le sentiment d'être au Moyen Âge. Je sais que ces situations d'apartheid s'effaceront progressivement au fil des décennies. L'ergonomie de la cité change peu à peu, d'ailleurs. Mais nous ne devons pas nous endormir sur nos lauriers, ou nous arrêter en cours de route, confondant une simple étape avec l'achèvement de notre quête. Tout est possible, à condition de penser dans le long terme le calendrier électoral et ses promesses. Le ciel était beau sur Paris et je pleurai de bonheur. La France était belle et je chantai « Le chant des partisans ».

Moi qui, au jour le jour, cherche des toilettes assez larges comme dans une enquête policière, revendique des wagons accessibles, visite en totalité un musée (un défi !) j'allais porter l'uniforme. Pas simple de rester souriant dans cet urbanisme mal conçu, mal construit, mal rénové. Pas évident d'avoir envie de se promener, de travailler, avec ces trottoirs, escaliers, marches, dénivelés. Il faut vraiment vouloir arpenter cette cité des hommes. Je le ferai désormais avec des feuilles de chêne, sans esprit de revanche mais sans oubli.

Et le plus étonnant, c'est que je n'éprouve pas de haine. J'aimerais remercier ces hommes géniaux, architectes créatifs, concepteurs de codes sonores, développeurs de logiciels, designers de fauteuils, psycho-sociologues audacieux, chefs d'entreprises mouillant leur chemise, hôtesses d'accueil décidées, couturiers inventifs, auxiliaires de vie dynamiques, cinéastes courageux, avocats solidaires, artistes différents, commerçants attentifs... Comment ne pas croire en un monde meilleur avec de tels talents ? J'ai certes beaucoup de mal à ne pas juger sévèrement les personnes qui, à une fête familiale, n'invitent que mon épouse, déclarant, une fois pour toutes et paresseusement, leur maison inaccessible. Être regardé bizarrement parce qu'on me fait manger, parce que mes mains déformées sont immobiles, parce que l'on entend le souffle de mon appareil respiratoire me donne parfois envie de fuir. Il faut du temps et de la patience pour ne pas oublier que nous sommes des « chanceux de la vie ». Après une période de révolte, lorsqu'on a le sentiment d'être condamné à une vie à part, la condition de citoyen handicapé nous fait entrer dans une dimension nouvelle et extrêmement riche. En effet, beaucoup de nos contemporains valides confondent vie et agitation. Beaucoup de bien-portants se suicident, sans raison apparente, alors qu'ils semblent avoir tout pour être heureux.

Accepter son handicap n'a rien à voir avec le fatalisme de celui qui « accepte son cancer » dans une pose quasi héroïque. Il s'agit plutôt d'une démarche identitaire qui nous rapproche du combat pour la reconnaissance de la négritude au sein de la République. Il s'agit de bâtir une culture nouvelle en rompant un silence collectif. Le concept de handicap est trop réducteur pour certains, trop large pour d'autres. Victime des préjugés et des complexes d'infériorité qu'il a intériorisés, le citoyen handicapé doit réapprendre la vie collective, voter, faire du théâtre, chanter, se syndiquer. Florence, ma sœur aînée, a le culot de manager les projets informatiques d'un conseil général… allongée sur son lit !

Nous méritons que la République s'occupe de nous. En roulant dans les graviers de l'Élysée, j'étais confiant et heureux.

« Nous vous envoyons changer le regard du corps préfectoral ! » Bernadette Malgorn, alors secrétaire générale du ministère, n'imaginait pas à quel point ces quelques paroles me porteraient chaque jour de mon expédition hors norme.

25

Cahors, première escale

Janvier 2008, place Beauvau. On me confirma que j'allais être nommé sous-préfet.

« Auriez-vous un souhait géographique ? me demanda-t-on.

– Le Sud, car mes muscles ont besoin de chaleur », répondis-je.

En avril, on m'apprit que c'était dans le Lot que j'étais nommé. Le *Journal Officiel* rendit la décision publique le 10 juillet et j'arrivai à Cahors le 1er septembre. Je racontai à ma vieille grand-mère presque centenaire mes premières impressions : il faisait beau, les habitants étaient tranquilles, il y avait tant de belles choses à voir, et d'abord les vignes ! « La France se nomme diversité », comme l'écrivit Fernand Braudel, j'allais le vérifier. Pendant vingt-six mois, j'allais connaître le privilège d'être Lotois, de vivre cette expérience unique d'être secrétaire général de préfecture. Je vécus au rythme de ce département à la fausse tranquillité, avec ses chutes d'eau, ses grottes, et les questions environnementales qui allaient avec ce beau paysage. Cette générosité présente dans la nature me semblait se prolonger dans la richesse des contacts humains et je garde le souvenir des événements si riches, si forts, ressentis avec les élus – notamment lors des permanences – et les agents. Je découvrai de nouvelles responsabilités, de nouveaux projets, un nouveau vocabulaire.

« M. Parisot, vous allez prendre en main l'expérimentation OSE, m'annonça la secrétaire générale du ministère.

– Qu'est-ce que l'OSE ?

– C'est l'expérimentation qui vise à une nouvelle Organisation des services de l'État. C'est le département du Lot qui a été choisi. Il s'agit de rassembler autour d'une table les représentants locaux de tous les ministères et de les forcer à travailler ensemble.

– Comment ?

– En fondant la moitié de leur budget de fonctionnement sur une même ligne budgétaire. Pour le reste, nous comptons sur vous. »

Un mois plus tard, conférence de presse dans l'ancienne caserne Bessières, au côté de Marcelle

Pierrot, préfète de couleur. Télés, radios, presse écrite se bousculent. Mon arrivée surprend. Suis-je un coup de pub ou un serviteur de l'État compétent ?

« Comment va-t-il faire ? s'inquiète un fonctionnaire auprès de mon épouse.

– Comme d'habitude depuis vingt ans, en s'adaptant… et nous avec ! »

Pas simple de bouleverser la donne !

« Avec une préfète de couleur et un sous-préfet handicapé, ils vont la découvrir, la diversité ! » chuchoté-je à ma femme.

J'étais à nouveau face à cette peur de l'autre que j'ai déjà évoquée. Cela me rappelle ce jour où je me promenais seul en fauteuil électrique parmi les piétons. Tout à coup, une jeune femme se mit à crier. « J'ai eu peur, j'ai cru que c'était un chien ! » dit-elle. N'étant pas debout, j'étais ramené à une condition animale. Terrible choc car le monde des bipèdes est celui du connu, celui du sol est inquiétant. La communication ordinaire se joue de façon horizontale, d'égal à égal, elle est modifiée si l'un est assis quand les autres sont debout. La qualité de la communication dépend pour beaucoup de la mise en scène de l'échange. Lorsqu'une relation vraie doit se faire, j'ai souvent remarqué que la personne valide désireuse de créer un lien avec moi cherche une chaise pour se mettre à ma hauteur.

Pour contourner les obstacles, nous développons tous des stratégies. Lorsque j'étais enfant, mon grand-père maternel m'avait confectionné un ingénieux système pour boire la nuit en introduisant une paille dans une bouteille rendue hermétique. L'informatique m'a restitué une grande liberté pour écrire, écouter de la musique, gérer mes comptes. Pour résumer, l'évolution technique a remplacé une grande partie des facultés que j'ai perdues, de façon spectaculaire.

Fils d'ingénieur et petit-fils de résistant au nazisme, j'ai eu accès à une culture du dépassement et du sacrifice, de la foi en la science et au combat pour la vie. Beaucoup de personnes handicapées n'ont pas eu cette chance, je le sais. En créant le Collectif des démocrates handicapés, je voulais faire partager mon optimisme en un monde meilleur. Anne-Sophie, ma petite sœur, s'est portée candidate aux municipales avec l'étiquette CDH dans une commune de trente mille habitants. Si seulement les personnes handicapées s'affirmaient plus souvent comme des citoyens ! Pourquoi être toujours spectateurs, comme dans les commissions des Maisons départementales du handicap où une vingtaine de valides décident du « projet de vie » d'une personne handicapée.

« Non, ne faites pas ça ! » s'écria un jour la présidente de la CDAPH.

Je venais de débrancher le tube de ma trachéo pour prouver que j'avais besoin d'aides humaines vingt-quatre heures sur vingt-quatre. Je m'amuse encore de leurs mines atterrées.

Un jour, je défendais le dossier d'un coreligionnaire handicapé qui n'avait pu se déplacer. Mon ami voulait recruter lui-même ses assistants sans passer par une association locale. Une dame de cinquante ans, bien mise, soigneusement maquillée, défendait la qualité de son personnel jusqu'à ce que je lui demande, avec le plus grand sérieux, si elle accepterait qu'un inconnu – un grand blond, pourquoi pas ? – vienne sans prévenir lui laver le sexe le lendemain matin… La commission finit par accepter le recrutement direct de l'assistant. Le cataclysme du handicap nous rapproche par contre de la condition des autres et notamment des exclus comme les SDF, qui souvent me saluent dans la rue comme un des leurs. En gagnant ma vie, en me mariant, en ayant des enfants, en écrivant, en assumant des responsabilités, je suis devenu une terreur des services sociaux, connaissant mieux mes droits qu'eux, gagnant mieux ma vie qu'eux, m'habillant avec soin, brisant tous les stéréotypes de celui qu'on assiste et conseille, finance et console. « On est tous avec vous ! » me dit un commissaire de police.

26

Trois vendanges

Sous-préfet gestionnaire et non plus militant ! Représenter l'État dans un département rural, concilier une pratique de terrain à un regard inédit sur les différences : de nouveaux défis. Premier acte dès mon arrivée, je fis agrandir une photo de Jean Moulin, secrétaire général de la préfecture de la Somme. Les anciens résistants et déportés du Lot furent émus.

Être sous-préfet, c'est d'abord rencontrer les élus, la colonne vertébrale de notre pays. Ils sont curieux et passionnés. La moindre idée de réforme provoque chez eux de violentes réactions. Les accuser de s'enrichir est leur faire un mauvais procès. Ces élus vivent de peu et, s'ils s'engagent, c'est pour d'autres motifs que l'argent. En revanche, et ils le savent, la multiplicité des structures locales est leur péché mignon. Ils veulent bien déconstruire des intercommunalités, élargir les cantons, pourvu que leur commune siège dans un établissement public de coopération intercommunale (EPCI) au même titre que la voisine. En entendant ces centaines de quasi-bénévoles discuter, on comprend mieux ce qu'est la France : une fédération de bourgs et de hameaux animés par de vrais citoyens qui aiment leur quotidien.

L'organisation de l'État, de la région ou du département est par trop conceptuelle. Par contre, le calcul de leur dotation, leur ressource locale, leur taxe professionnelle sont un dogme, un fondement, une règle immuable. Tous évaluent la progression du nombre de leurs habitants, s'inquiètent de la variation de leurs ressources, passent des heures à chercher des cofinancements, à décrocher une réserve parlementaire. Les petits élus n'ont que leur salive pour chercher des enveloppes nouvelles et affronter l'incompréhension de leurs concitoyens.

Plus inquiétant, la sédimentation des prescriptions en matière d'urbanisme. La raréfaction du foncier dans ce pays-jardin qu'est la France laisse de marbre l'agriculteur qui a du mal à joindre les deux bouts et souhaite vendre une parcelle à un citadin. J'ai passé au pays de Murat le temps de trois vendanges. À mon arrivée, l'État local m'est apparu d'abord comme une somme d'acronymes et d'organigrammes incroyables, un jeu de piste en pleine révision générale des politiques publiques, RGPP pour les intimes. Et puis, il ne faut pas confondre l'État-nation, l'État déconcentré et l'État territorial. Le Lot lui-même est un vrai kaléidoscope, avec ses trois cent quarante communes et ses rivières aux petits drapeaux « honneur à notre élu ».

Mais j'avais bien peu de temps pour me déplacer : je devais faire face à des montagnes de parapheurs, d'arrêtés, de réunions. Pas le temps de s'échapper à une foire au vin ou à un colloque, il fallait agir. Dans mon bureau, une carte de la IIIe République me rappelait chaque jour que le département du Lot, c'est 1 % du territoire national. Ce 1 % est devenu ma vie. Penser lotois, vivre lotois et – quel plaisir ! – manger lotois. À mon arrivée, un haut fonctionnaire m'avait dit : « "SG" ? Mais c'est le métier le plus dingue que je connaisse ! »

Avec mon uniforme en toile bleue, je me suis en effet vite aperçu que j'allais piloter un navire en plein cœur du Causse sans jamais rejoindre un port. Pendant huit cents jours, je vécus une aventure extraordinaire à bord du navire Préfecture, un bâtiment assez ancien il est vrai – il date de Napoléon – et qui a traversé de vraies et nombreuses tempêtes : l'Occupation, la décentralisation. Ce voyage en haute mer pour lequel on m'avait nommé avait un triple objectif : rénover le navire pendant la traversée, dialoguer avec les navires voisins, économiser les vivres. Une mission difficile car je n'étais pas un vieux loup de mer mais assez excitante, car je connaissais bien des récifs à éviter.

J'eus la chance de trouver à bord deux directeurs de choix. Je pouvais compter sur la franche bonne humeur des élus. Dégagé de mes soucis d'organisation inédits – un sous-préfet tétraplégique m'a affirmé que j'avais « essuyé les plâtres » – et de ma découverte des rouages internes de l'administration, j'ai pu pleinement m'investir dans les différents dossiers : le dossier intercommunal du Grand Cahors, la dynamique OSE, le transfert du contrôle de l'égalité des sous-préfectures, les économies budgétaires, les diverses subventions. La politique de sécurité ? On se donne souvent bonne conscience à droite avec la répression et à gauche avec l'assistanat-compassion. Tout le monde sait qu'il faut des deux. Ce qui est délicat, c'est le dosage répression-prévention. Dans notre village planétaire, riche de cosmopolitisme et de crime organisé, il faut s'intéresser aux victimes, développer les diagnostics partagés.

« Comment fais-tu ? me dit un collègue secrétaire général. Moi, avec mes jambes, j'ai déjà du mal…

– Tu sais, je ne suis pas Superman mais depuis mon enfance, j'ai appris à adapter mes méthodes de travail à mon handicap. Tu apprends vite, sans stylo, à être synthétique ! Je retiens les chiffres clés et résume chaque temps fort. J'utilise la dictée sur logiciel vocal, le clavier visuel et autres astuces. »

Personne handicapée, je suis né dans un territoire perdu de la République, j'ai appris la solitude, le manque, le rejet. Devenu sous-préfet, je ne voulus pas oublier cette expérience. Théoriquement, ce n'est pas le rôle d'un secrétaire général que d'aller visiter une prison mais en tant que sous-préfet, je ne me voyais pas passer chaque jour devant ces hauts murs sans me rendre compte des conditions de vie des hommes qui s'y trouvaient. Le jeune directeur, surpris de ma venue, m'accueillit. La mousse avait recouvert les murs et les percées de lumière donnaient au lieu un air sinistre à la Dickens. On m'introduisit dans un sas puis dans un autre. J'arrivai enfin dans la salle où il m'était possible de rencontrer les détenus. Quinze hommes assis en face de moi me dévisageaient, un peu sidérés de voir un sous-préfet venir discuter avec eux. La plupart avaient commis des violences, des meurtres. Ils ressemblaient plus à Monsieur-tout-le-monde qu'à Chéri-Bibi. Leurs conditions de détention étaient moyennes mais ils voulaient rester ici, car on était en ville. « Nos proches peuvent venir facilement mais ce qu'on aime surtout, c'est sentir la ville. Le clocher de la cathédrale, les pigeons, les cris des cours de récréation, tout rappelle la vie. » Les détenus se mirent à parler. « Je lis le Coran et cela me sauve. Mon petit garçon de neuf ans m'attend et je veux être un exemple. » Ils préparaient leur permis de conduire, s'associaient au téléthon, se faisaient un peu d'argent de poche. Ils étaient inquiets car la crise avait réduit la sous-traitance en prison. J'écrivis aux entreprises de la ville pour qu'elles ne les oublient pas… J'imaginais bien les espoirs de remise de peine des prisonniers et je les invitai à faire des projets. « Continue comme t'es, M'sieur le préfet ! » me lança Abdellilah. En quittant la prison, je croisai un collègue du corps préfectoral :

« Tu as visité tes pauvres ? me dit-il avec un brin d'ironie.

– Se mettre à la place de l'autre, c'est difficile, tu sais. »

27

Le changement des regards

Vaclav Havel a dit un jour que la tragédie de l'homme moderne, c'est qu'il n'a rien à faire du sens de la vie. La réflexion sur l'identité est donc essentielle.

Alors que j'étais en poste à Cahors, une directive gouvernementale invita chaque sous-préfet à animer le fameux débat sur l'identité nationale. Il fallait s'exécuter mais j'avais moi aussi la liberté d'organiser « mon » débat. Mon préfet m'envoya un vendredi soir d'hiver aux confins du Massif Central rencontrer une cinquantaine de quinquagénaires. C'était à Bagnac-sur-Célé. Dans ce village, on ne trouvait qu'une boulangerie et un bar. J'ai alors décidé de donner la parole à de récents naturalisés pour qu'ils parlent de la France mais aussi de leur lien avec leur pays d'origine. Un diacre d'origine irakienne vint témoigner de nos origines mésopotamiennes communes. Un Français venu de Belgique, une Roumaine, un Argentin célébrèrent l'universalisme de la France. La soirée fut réussie : on parla d'ouverture et de générosité. J'étais assis sur mon fauteuil électrique, et un participant vint spontanément tenir le micro à mon niveau. Je parlai de fraternité et les applaudissements fusèrent. Le public était stupéfait car je bousculais les clichés, les formalismes, le protocole. Dans quelle mesure un corps ou un esprit affecté supposait-il des relations sociales affectées, aussi réellement que la réalité objective de la déficience ?

Le débat sur l'identité renvoyait à la richesse des cultures. Tandis que le fauteuil roulant véhicule ainsi une image tragique, une effrayante condamnation dans les sociétés latines, rien de semblable ne s'observe dans un pays scandinave où des magasins comme Ikea proposent aux clients fatigués un fauteuil roulant. Un jour, un homme sur un trottoir fit un signe de croix en me voyant. Comment interpréter ce signe ? Se protégeait-il ? Me renvoyait-il dans le monde des maudits à sauver ?

Autre souvenir inédit, ma première cérémonie au monument aux morts. Mon véhicule adapté descendit le boulevard Gambetta escorté par le commissaire de police et le colonel de gendarmerie. La foule des Cadurciens attendait, groupée sur la place. C'était la commémoration de la fin de la guerre d'Algérie. Mon véhicule s'arrêta et le hayon élévateur me permit de sortir de l'habitacle. Mon assistant de vie m'enfila mes gants blancs et je bloquai la télécommande de mon fauteuil électrique entre mon pouce et mon index. Les officiels vinrent me saluer et le délégué militaire se tint au garde-à-vous. L'émotion était intense. Elle se lisait sur les visages. C'est alors que se produisit l'insensé : je passai en revue le peloton de pompiers, de gendarmes et de policiers, moi, le sous-préfet tétraplégique, assis, trachéotomisé. Les hommes me regardèrent passer. Je pensai à l'Afrique française du Nord, au rêve colonial, aux spahis, au drame des harkis et des rapatriés. Dans la foule, des anciens pieds-noirs et des vétérans pleuraient. J'allai les remercier pour leur fidélité. Tous me remercièrent. Après quelques minutes, je retournai à mon véhicule. Le délégué militaire me rejoignit. Sa dernière phrase résonne en moi : « Ce fut un immense honneur. » Pour moi aussi. Je crois que cette revue des troupes par un homme assis était un séisme !

28

Un haut fonctionnaire, juste un peu plus bas

Mon fauteuil file dans les cabinets ministériels. Je suis devenu un exemple, je le sais. On me scrute. On s'étonne. Héritier de Bayard par ma famille, j'ai le sens de l'honneur et non des honneurs mais je me sais investi humblement d'une mission tricolore au service des Français. La France mérite bien ces sacrifices. Ceux qui ont des oreilles comprendront. Sur cent secrétaires généraux, il n'y a qu'une dizaine de femmes et deux hommes de couleur. La République parle de diversité mais a du mal à passer aux actes.

« Ce que vous faites, ils n'en font pas la moitié ! » me dit mon chauffeur, un ancien d'Afganistan et de Sarajevo.

Il m'a vu dans un amphithéâtre du ministère de l'Intérieur entouré de hauts fonctionnaires dont quelques-uns faisaient semblant de ne pas me voir. Pourtant, je suis comme eux un membre du corps préfectoral qu'on appelle au petit matin pour signaler les interventions du Centre opérationnel départemental d'incendie et de secours (CODIS), pour mobiliser les pompiers durant la nuit, coordonner l'enlevage des branchages et aspirer l'eau dans les caves, rétablir la circulation sur une départementale, rassurer un maire dont les vignes ont été hachées par des grêlons. Ces collègues ignorent tout de mon combat. Aucun ne sait que j'ai dû me lever dans la nuit pour venir à la réunion des secrétaires généraux. Deux heures de soins puis trois heures d'embouteillages pour arriver au centre de Paris.

Certes, les secrétaires généraux sont des personnes hyperintelligentes. Personne ne le nie. C'est le sommet de la pyramide. Ils pilotent d'immenses vaisseaux. Le danger dans ce type de poste est de se croire les meilleurs. Pour certains, même, meilleurs que leur préfet. Leur hyperactivité est spectaculaire, presque insolente. Les piles de parapheurs descendent de façon ahurissante. C'est le passeport d'urgence qu'il faut viser entre deux réunions sur l'urbanisme réglementaire, l'habilitation de montreurs de serpents, les indicateurs de performance, le classement d'un barrage et un concert de collégiens.

Une porte s'est ouverte sur la différence. Elle s'est plus ouverte encore avec la nomination d'un deuxième sous-préfet handicapé à Condom. Le fauteuil roulant se banalise et avec lui l'accessibilité des préfectures et de tous les bâtiments officiels de la République.

Je dois rendre hommage ici à mes collègues du corps préfectoral : Marcelle, Jean-Luc, Mohamed, Patrice, Claude, Michel, Guillaume, Philippe, Denis, Jean-Christophe pour leur accueil respectueux, amical et professionnel.

29

L'espoir

L'aide de camp du ministre de la Défense s'approcha, un plateau d'argent à la main.

« Voulez-vous un café ?

– Oui, pour moi… et mes assistants de vie. »

On sollicitait de plus en plus mon avis. Cette fois-ci, c'était Hervé Morin.

L'aide de camp s'effaça et je regardai l'immense tableau de Lyautey suspendu dans l'antichambre du ministre. Quelques minutes plus tard, l'homme apporta le café.

« Elle est belle la France ! »

Un majordome me fit entrer dans l'immense bureau du ministre. Hervé Morin se leva et accueillit ses invités. L'ordre du jour était la question du handicap.

« Monsieur le Ministre, selon une étude réalisée par l'Insee, 10 % de la population française se déclare en situation de handicap », dit un invité.

Sur-le-champ, le ministre se tourna vers moi et précisa que son ministère recrutait plus que les 6 % demandés.

« C'est bien, mais en cinq ans, seuls 5 à 15 % des bâtiments recevant du public dépendant de l'État ou des collectivités territoriales ont été mis aux normes pour l'accueil des handicapés, alors que la loi impose que tous les bâtiments soient équipés d'ici 2015, réponds-je.

– Tout est question de volonté, réagit le ministre.

– Savez-vous que je suis le premier sous-préfet à avoir passé en revue des troupes en étant assis ? »

Mi-surpris, mi-amusé, Hervé Morin me dévisage…

« Même si cela fait plaisir à M. Parisot de passer des troupes en revue, on ne peut pas envoyer des tétraplégiques en Afghanistan ! »

Les invités, moi y compris, rirent de bon cœur.

« Certes, Monsieur le Ministre, mais il y a tellement d'autres chantiers à ouvrir !

– Lesquels ?

– L'accès aux prêts, au logement, aux vrais emplois. Les travailleurs handicapés ne sont pas voués à apporter le café ou faire des photocopies… (L'homme qui venait de m'apporter le café était capitaine !)

– Si je comprends bien, il faudrait un peu plus de coups de bâton ? dit le ministre.

– Et aussi d'incitations et d'écoute. Regardez combien c'est injuste d'intégrer le revenu du conjoint dans le calcul de l'allocation aux adultes handicapés (AAH) !

– Je ne vois pas pourquoi ce serait injuste, me dit Hervé Morin.

– Parce que votre conjoint n'a pas vocation à faire votre petite toilette.

– Vous avez raison, c'est anormal !

– Quand on écoute, on comprend. L'Occident doit changer l'image de l'homme invulnérable. Le modèle de la toute-puissance est révolu. Celui qui écoute et qui comprend, qui est attentif et disponible, est bien plus désirable. »

Hervé Morin sourit.

30

Sous-préfet des autres

2010 : mon ministère a exaucé mes vœux. Me voici sous-préfet chargé de mission à la Cohésion sociale et à l'Égalité des chances pour le Languedoc-Roussillon.

« Votre parcours est fantastique ! » me dit Fadéla Amara en l'apprenant, avec le bel accent qu'on lui connaît.

La mondialisation des échanges et l'accélération des transports et des migrations bouleverse nos certitudes. Des populations entières cherchent à survivre et n'hésitent plus à quitter leur pays. Nous ferions pareil et, dans un autre contexte historique, ce fut le cas des Bretons, de ces migrations régionales vers la capitale pour chercher des petits boulots de femmes de chambre, de chauffeurs de taxi. Ces non-francophones se réunissaient dans les mêmes rues pour recréer un peu de solidarité dans une société bien-pensante qui se moquait d'eux : toutes les Bretonnes étaient des

Bécassine. Les populations migrantes actuelles sont très différentes mais les bien-pensants sont toujours là pour les mépriser. Beaucoup viennent de nos anciennes colonies et leurs parents ou grands-parents ont des blessures héritées de l'histoire – les zoos humains, les massacres commis par l'armée française – ce qui explique ce désir de « revanche » qu'on leur attribue facilement.

L'homme est complexe et nous devons à la fois comprendre, être justes mais aussi être intègres car il faut du temps pour s'intégrer. Pour éviter la montée de l'intolérance, il faut combattre les injustices, les fraudes diverses, mais aussi les discriminations à l'embauche envers les Français d'origine étrangère. Je n'aime pas étiqueter les gens. Mépriser les talents, c'est humilier les personnes. Ahmed est le seul de mes voisins à s'être inquiété pour moi lors de ma trachéotomie, Arlham est la seule de son immeuble à faire du couscous pour les vieux qui pleurent de solitude le dimanche… Nous devons être généreux dans ce monde trop dur et voir les qualités des autres. En revanche, il faut être inflexible face aux tricheurs, aux dénigreurs, aux pessimistes et aux intégristes. Plus d'espérance, d'authenticité et de citoyenneté, tel est mon combat de sous-préfet.

L'interrogation qui continue à me travailler est celle-ci : tout le monde réclame plus de cohésion sociale, mais en avons-nous les moyens financiers ? L'ensemble des collectivités locales voit sa capacité d'autofinancement chuter alors que jusqu'à présent, les trois quarts des financements publics, c'était elles. Alors, qui va payer le réaménagement des lieux de vie et de convivialité, la dépendance et le handicap ? Politiquement, il faudra s'interroger sur la place de l'impôt. Est-il la clé du civisme ? Et humainement, comment éveiller le désir du vivre-ensemble ? L'humanité est en marche et rien n'arrêtera les « kamikazes de la vie », laissant au bord du chemin les aigris et les repus du présent. C'est ma conviction profonde et lorsque France-Télévisions m'a demandé de participer à un débat sur la politique du handicap, j'avais envie de proclamer l'importance des droits mais aussi des devoirs des personnes handicapées. Sur le plateau aux lumières bleues du studio de « La voix est libre » de France 3 Midi-Pyrénées, le présentateur m'invita à rejoindre ma place. Pour cela, je devais rouler sur une planche en aggloméré, qui s'effondra à mon passage. Rien de grave, heureusement. Le journaliste se dit désolé : « Cela fait des mois que je demande un accès, car on a de plus en plus d'invités en fauteuil », me dit-il.

31

« Il marche avec des roues »

« Grand-père ! Regarde-moi ! » Une petite fille rousse, des taches de rousseur sur le nez, tient un appareil photo. L'homme qu'elle appelle est à côté de moi, souriant. Il a un nom aux consonances étranges. Autour de lui flottent des drapeaux tricolores. En ce dimanche matin d'été, nous célébrons les Justes. L'homme se souvient que soixante-dix ans plus tôt, des paysans l'ont sauvé d'une rafle. Il est ému et salue ces familles qui lui ont évité de partir dans les wagons à bestiaux. Au nom de l'État, je remercie les organisateurs de cette fête de la vie. Cent cinquante villageois applaudissent lorsqu'on dévoile la plaque du souvenir. La fanfare joue : « Ami, entends-tu… » « Il y a des pays où les gens au creux des lits font des rêves », dit un couplet. La petite fille mitraille son grand-père, qui se met à sangloter. C'est mon tour de parler. Dans mon discours, je rappelle à tous que personne ne doit être redevable éternellement aux autres. Je rappelle les paroles de Marek Halter sur la nécessité de rendre l'homme plus humain. On s'entraide chacun son tour. La vie, n'est-ce pas cela ?

« Papi, regarde le préfet, il marche avec des roues ! » conclut la petite-fille.

*

L'appel que nous devons lancer n'est pas habituel. Il est celui de la fraternité et de l'honneur, de la résistance à la haine et de la promotion de la vraie fierté nationale. Nous devons poser un acte de foi dans les vertus de la patrie que sont l'accueil des différences, la solidarité et la passion pour l'homme. Nous sommes les détenteurs des valeurs du respect et de l'audace et non du repli et de la détestation de l'autre. Nous avons de l'ambition pour les Français, une ambition altruiste, civique, responsable et démocratique. Nous devons libérer notre pays des tentations de rejet et de mépris, reprendre la marche de la générosité et de la liberté.

Table

Achevé d'imprimer le 19 juillet 2016
sur les presses de
La Manufacture - Imprimeur – 52200 Langres
Tél. : (33) 325 845 892

N° imprimeur : 160678 - Dépôt légal : septembre 2011
Imprimé en France

Composition et mise en pages réalisées
par Compo 66 – Perpignan
422/2011

Pour être informé des publications
des Éditions Desclée de Brouwer
et recevoir notre catalogue,
envoyez vos coordonnées à :

Éditions Desclée de Brouwer
10, rue Mercœur
75011 Paris

Nom : ....
Prénom : ....
Adresse : ....
....
Code postal : ....
Ville : ....
E-mail : ....
Téléphone : ....
Fax : ....

Je souhaite être informé(e) des publications
des Éditions Desclée de Brouwer

Groupe Elidia

10, rue Mercœur - 75011 Paris
9, espace Méditerranée - 66000 Perpignan

www.elidia.fr

Imprimé en France
FROC032325101220
25921FR00010B/72